Fred Boger

Die Phantomfrau

Ein Heilbronn-Krimi

1. Auflage 2009

Satz: Schneider Professionell Design, Schlüchtern-Elm
Titelgestaltung: Jochen Ebert, Kassel
Titelmotiv: Heilbronner Stimme
Druck und Bindung: Druckerei Thiele & Schwarz, Kassel

34281 Gudensberg-Gleichen · Im Wiesental 1
Telefon: 05603/93050 · www.wartberg-verlag.de
ISBN 978-3-8313-2053-0

Phantasie ist wichtiger als Wissen,
denn Wissen ist begrenzt.

(Albert Einstein)

Kapitel 1

Die Theresienwiese in Heilbronn erfüllt die gleiche Funktion wie die berühmtere Schwester in München: Festplatz und Gelände für Ausstellungen. An diesem Tag, der noch für Schlagzeilen sorgen sollte, herrschte Bilderbuchwetter. Seit die Aufzeichnungen des Wetteramts vor über einhundert Jahren begannen, hatte es nie einen wärmeren April gegeben. Auf dem nördlichen Teil Theresienwiese herrschte seit dem frühen Morgen eine emsige Geschäftigkeit. Die Vorbereitungen zu den mehrtägigen Festivitäten zum 1. Mai liefen auf Hochtouren. Die Schausteller bauten ihre Stände auf, hämmerten, montierten, und mittendrin wuchs ein Riesenrad empor. Der stetige Montagelärm, verbunden mit einzelnen Rufen, hallte über den Platz. Einen beschaulichen Gegensatz dazu bildeten mehrere Wagen einer Gruppe von Sinti oder Roma, die auf dem südlichen Teil der Festwiese parkten.

Entlang der Neckarseite des Festplatzes standen Bäume, und man gönnte ihnen einen satten Rasen als Untergrund. Bei schönem Wetter verbrachten häufig Berufsschüler aus der nahen Schule hier die Mittagspause, so auch heute wieder. Sie saßen oder lagen im frischen Gras, aßen, tranken, quatschten oder rauchten, andere ließen sich von der Sonne einschläfern. Nur ungern brachen sie dann auf. Einzeln und in kleinen Grüppchen trödelten sie über den großen, freien Hartplatz, überquerten nach einer Baumallee die Straße auf der anderen Seite und verschwanden in dem Gebäudekomplex, der sich aus mehreren Schulen zusammensetzte.

Bei schönem Wetter verbrachten auch Berufstätige gerne ihre Mittagspause auf der Theresienwiese. Sie parkten ihr Auto oder ihre Kleinlaster irgendwo auf dem weiten Platz, so wie an diesem Tag. Wegen der ungewöhnlich angenehmen Frühlingssonne öffneten manche Fenster und Türen, aßen die mitgebrachten Brötchen, hörten Radio, lasen vielleicht Bild oder die „Stimme". Manche schlossen einfach die Augen für kurze Zeit.
Die Mittagszeit neigte sich langsam dem Ende zu, als ein dunkler 220er Mercedes auf den mittleren Teil der Theresienwiese rollte und etwas abseits, nahe dem Fluss, parkte. Ein älterer, korpulenter Herr saß am Steuer, neben ihm eine weibliche Person, sicher nur halb so alt und halb so schwer wie er. Das Auto stand einige Zeit in der Sonne, nichts rührte sich, dann endlich stieg die Frau aus und folgte den letzten Schülern mit raschen Schritten. Aber ihre ganze Erscheinung, fester Gang, modische Frisur und die gediegene Kleidung, einfarbige Bluse, dazu ein bunter Rock mit passenden Schuhen, wirkte damenhaft. Lehrerinnen kleiden sich selten so betont gut. Sie warf noch einen letzten Blick auf den Mercedes. Auch der Mann hatte sein Fahrzeug verlassen, umrundete es und musterte ein beschädigtes Rücklicht. Er schüttelte den Kopf, dann setzte er sich wieder in das Fahrzeug und fuhr kurze Zeit später langsam in südlicher Richtung davon.
Zwischen der Baumreihe und der steil zum Wasser abfallenden Böschung folgt ein schnurgerader Fahrrad- und Fußweg dem Fluss, allerdings von der Wasserstraße durch einen hohen Metallzaun abgegrenzt. Es ging wohl darum, bei Veranstaltungen unwillkommenen Besuchern den Zu-

tritt zu verwehren oder betrunkene Besucher vor dem Wasser zu schützen. Obwohl ausgesprochen idyllisch, wurde der Weg nur wenig benützt. Es waren mehr die Radtouristen, die am Wochenende unterwegs waren und mit dem Weg die Innenstadt vermieden. Jetzt bewegten sich gerade mal zwei ältere Radler auf dem Weg in nördlicher Richtung. Fast schon am Ende des Festplatzes näherten sie sich rechter Hand einem schmuckloses Verteilerhaus, die Backsteinwände teilweise durch Graffiti verunziert. Aber zunächst passierten sie eine kleine Gruppe.
Es waren Männer und eine Frau, die im Schatten eines Baumes im Gras saßen, zwischen ihnen eine Flasche, blau etikettiert, und Brote. Die Personen gefielen der Radlerin nicht, sie blickte schnell weg. Osteuropäer, dachte sie instinktiv. Gleich darauf fiel ihr ein älterer Audi 80 auf, der neben dem Gebäude parkte. Wie vergammelt der aussieht, dachte sie missbilligend, während sie das Fahrzeug musterte, denn sie besaßen ein ähnlich altes Modell, aber das sah immer noch fast wie neu aus. Sie verlangsamte etwas ihren Tritt, als sie plötzlich gewahr wurde, dass im Schatten des Hauses ein Mann auf einem Bündel saß, Zigarette im Mundwinkel. Offenbar hatte er sie beobachtet, und ihre Blicke kreuzten sich. Sie erschrak. Sie konnte seine Gesichtszüge nur undeutlich erkennen, aber sie sah das Weiße in seinen Augen und fühlte sich bedroht, so unangenehm und stechend war sein Blick. Und plötzlich war sie wieder da, die Erinnerung an die schlimmsten Stunden in ihrem Leben und das Martyrium, das im Gerichtssaal eine Fortsetzung gefunden hatte. Energisch und voller Hast trat sie in die Pedale, schloss zu ihrem Begleiter auf, der gerade

wieder den Blick auf den Fluss richtete und den Mann wohl nicht gesehen hatte. Jetzt erst bemerkte sie ihren rasenden Puls.

„Schau mal, schon wieder ein Schiff – und was für ein großes!“, sagte der Radler zu seiner Begleiterin. „Ja“, entgegnete die Frau, erleichtert und glücklich, dass sie wieder in seiner Nähe war. Sie hörte das regelmäßige Tuckern des Schiffs, sah, dass es eilig flussabwärts steuerte und übervoll mit Schrott beladen war, aber am Bug war noch Platz für einen Kleinwagen und eine lustig flatternde Wäscheleine. Die Ortsangabe Remseck D konnte sie noch an dem schwarzen Rumpf lesen. Sie konzentrierte sich dann wieder auf ihren Weg, der nun leicht anstieg und zunehmend von einem dichten Gestrüpp von Büschen und Bäumen gesäumt wurde. Kurz darauf endete der Weg an der Abschränkung für die Bahnstrecke. Sie hatten die Theresienwiese verlassen. Ein neuer Radweg nahm sie auf. Er führte rechts zum Bahnhof und links über eine Brücke nach Böckingen. Sie bogen links ab.

Gegenüber dem Verteilerhaus, auf der anderen Seite der Festwiese, dort wo die neuen Schulgebäude die Sicht auf die nahe Stadt verdecken, tauchte ein Polizeiauto auf, ein 5er BMW-Kombi. Die Polizistin am Steuer fuhr sehr gemächlich, machte einen langsamen Bogen um die Buden und Aufbauten der Schausteller.

„Ah, ist da demnächst was geboten?“, fragte ihr männlicher Kollege mit Blick auf die Arbeiter, die die Stände montierten. Beide Beamte waren ungefähr Mitte zwanzig, also noch in einem Alter, wo einen diese Art der Festlichkeiten vielleicht auch privat anspricht.

„Ja, das Maifest beginnt am Freitag", erläuterte die Frau.
„Aha, deshalb muss ich hier Dienst schieben. Da geht es dann wohl rund?"
Die Frau zuckte mit den Schultern. „Das Übliche halt. Abends zu viel Alkohol, Schlägereien und so. Aber ohne Fest ist das hier ein ruhiges Fleckchen. Gerade richtig für die Mittagspause."
„Und nachts? Ich habe gehört ..."
„Stimmt. Straßenstrich, Drogen, na ja, die Bahnhofsnähe halt."
„Du musst es ja wissen", entgegnete der Polizist, nicht ohne eine gewisse Bewunderung. Die Frau warf ihrem Kollegen einen schnellen Blick zu und lächelte.
„Du meinst, weil ich selber schon als Lockvogel gearbeitet und die Dealer mal in den Knast gebracht hab?"
„Ja, genau. Respekt!" Das Lächeln des Polizisten wurde breiter, spitzbübischer.
„Das war nicht hier. War im nördlichen Landkreis. Die haben sich auch blöd angestellt."
„Spätaussiedler, Ausländer?"
„Nöö, waschechte Deutsche. War ein Pärchen, die Frau sogar die Tochter von einem Bürgermeister."
„Trotzdem, besser du begegnest ihnen nicht so schnell wieder", gab ihr Kollege zu bedenken.
„Ach was! Die sitzen gerade. Wiederholungstäter!", zerstreute sie jegliche Bedenken und konzentrierte sich wieder verstärkt auf die Umgebung.
Der BMW der Polizisten glitt im Schritttempo an den Schaustellern vorbei, hielt an. Die arbeitenden Männer blickten nur kurz auf. Polizei machte sie offensichtlich

nicht nervös. Zwei Männer hatten sich bereits kurz zuvor nahezu unbemerkt verdrückt. Der betreffende Schausteller, für den sie arbeiteten, hatte ihnen rechtzeitig ein Zeichen gegeben.
„Flagge zeigen“, sagte die Polizistin.
Ihr Begleiter lächelte. „Ja, ich weiß. Aktion Sichere City.“

Die kleine Gruppe war aufs Höchste alarmiert. Die drei Männer und die Frau beobachteten genau und voll höchster Anspannung das Polizeiauto. Das Kennzeichen an ihrem Fahrzeug unmittelbar neben dem Gebäude wies zwar den Besitzer als Heilbronner aus, aber ein Fachmann hätte schnell erkannt, dass es gefälscht war.
„Die bleiben stehen. Fahrt langsam und unauffällig los. Das reicht noch!“, forderte der wohl älteste der drei Männer auf. Er sprach Russisch. Der Mann mochte ungefähr Mitte vierzig sein. Er unterschied sich von seinen Begleitern nicht nur durch sein Alter, sondern auch durch sein Äußeres, gepflegt und modisch gekleidet, schickes, dunkelbraunes Polohemd und beige Sommerhosen mit Taschen an jeder nur erdenklichen Stelle. Fast als hätte er sich bei C&A gerade erst eingekleidet. Aber nun mampfte er nervös an einem Apfel.
„Schon zu spät!“, widersprach der jüngste der Männer. „Mist! Anatol, du hast behauptet, hier wären wir tagsüber sicher! Dir kann ja nichts passieren, aber wenn wir kontrolliert werden, wenn wir jetzt losfahren, zu verdächtig. Mein Bild war schließlich in der Zeitung.“ Der Mann sprach Russisch mit einem Akzent. Er mochte ungefähr Mitte zwan-

zig sein, mindestens einsachtzig groß, schlank. Er sah ungepflegt aus, so als ob er die letzten Nächte im Auto oder Freien übernachtet hätte. Der dritte der Männer war ebenfalls groß, aber bullig und untersetzt und einiges älter. Er trug abgewetzte Jeans und einen viel zu warmen Pullover. Entschlossen stellte er fest: „Ehe ich wieder in den Knast wandere. Ich habe noch fünf Jahre Reststrafe! Micha, die dürfen uns nicht kontrollieren, sonst sind wir beide dran! Wir nehmen die Knarren und warten mal auf sie." Wie der erste der Männer, so sprach auch er einwandfreies Russisch.
„Du spinnst, Adam, was hast du vor?", empörte sich der mit Anatol Angesprochene, während er wütend auf den Boden spuckte.
„Hast du einen besseren Vorschlag?"
„Wir hauen zu Fuß ab. Ich kenn mich hier aus!", schlug Anatol vor.
„Da kommen wir nicht weit", widersprach Adam, „aber vielleicht steigen die Bullen nicht aus und fahren weiter. Schnell, unsere Knarren!"
Die beiden jüngeren Männer holten sich Lederjacken aus dem Audi 80, streiften sie über. Die Kleidungsstücke waren auf der linken Brustseite auffallend ausgebeult. Die drei Männer gingen rasch hinter dem Gebäude auf die andere, nördliche Seite. Im Schatten lugten sie um die Ecke, konnten das Fahrzeug der Polizisten einigermaßen gut beobachten, ohne selbst entdeckt zu werden. Die Frau, die bisher das Geschehen stumm und mit unbewegtem Gesichtsausdruck verfolgt hatte, meldete sich zu Wort.
„Ich gehe. Ihr braucht mich nicht. Wir machen es wie immer", sagte sie an Adam gewandt, „ich melde mich wieder."

Die Männer warfen ihr einen kurzen Blick zu, nickten, während sich die Frau, ohne eine Antwort abzuwarten, langsam entfernte. Aus dem Augenwinkel heraus beobachtete sie das Polizeifahrzeug, dann ließ sie sich in einiger Entfernung im Gras nieder.

„Pass auf, du achtest auf Radfahrer und Spaziergänger!", befahl Adam dem zunehmend nervös werdenden Anatol.

Der warf seinen halben Apfel hinter sich, musterte dabei grimmig den Zaun, der eine Flucht in das Gebüsch der steil abfallende Böschung oder den Fluss verhindern würde.

„In Ordnung. Auf dem Weg hier sehe ich keine. Aber da vorne, bei den Bahngleisen, da fahren immer wieder welche", sagte er endlich.

„Ich weiß. Solange sie nicht abbiegen und in unsere Richtung kommen: Hoffentlich hauen die Bullen ab!", entgegnete Adam.

„Und wenn nicht?", fragte Micha zögerlich.

„Auch egal", knirschte Adam, „mit denen hab ich eh noch 'ne Rechnung offen."

Die beiden jüngeren Männer hielten die Augen auf das Polizeiauto gerichtet, das wieder anfuhr und sich nun langsam parallel zu ihnen bewegte. Hinter den Männern, auf dem Neckar, tuckerte ein Frachtkahn recht mühsam flussaufwärts zur nahen Schleuse. Adam warf schnell einen prüfenden Blick auf das Schiff.

„Die sehen uns bestimmt nicht. Die haben mit sich zu tun und außerdem sind die mitten in der Sonne und wir im Schatten."

Das Polizeifahrzeug rollte langsam über den Platz, Richtung Süden, dann hielt es kurz inne, änderte die Richtung

und bewegte sich im Schritttempo auf das Verteilerhaus zu.
„Scheiße!“, zischte Adam.

„Was haben wir denn da für ein Haus?“, fragte der Polizist seine Begleiterin.
„Ein Verteilerhäuschen. Strom“, erläuterte die Polizistin. „Mittags Treffpunkt für Schüler, auch für Leute, die einfach Mittagspause machen, manchmal auch Liebespaare, aber abends. Und erst nachts!“
„Kann ich mir denken! So schön abgelegen.“
„Wir kontrollieren dann zwar ständig, ach, schau mal, der Audi!“
„Hm, gefällt mir nicht, etwas vergammelt“, meinte ihr Begleiter.
Die Frau drückte auf die Bremse, fuhr dann wieder an und änderte die Fahrtrichtung. Sie fuhr langsam auf das Auto zu, stoppte den BMW einige Meter vor dem Fahrzeug.
„Hm, niemand drin. Heilbronner Nummer, soll ich's mal durchgeben?“, fragte der Polizist.
„Wart mal. Wir parken auf der anderen Seite im Schatten, dann schauen wir uns die Kiste an. Aber machen wir zuerst Pause. Ich habe ordentlich Hunger, du auch?“, fragte die Frau und legte den Rückwärtsgang ein. Ihr Kollege nickte. In einem großen Bogen steuerte sie das Fahrzeug zurück, fuhr rückwärts dicht neben das Gebäude, stellte den Motor ab und öffnete die Fahrertür. Über die nahe Eisenbahnbrücke rollte gerade ein Güterzug. Ihr Kollege war Bruchteile von Sekunden früher ausgestiegen. Als die Frau

aufblickte, sah sie einen Mann vor sich, der eine großkalibrige Pistole auf sie richtete. Sie erschrak über die wilde Entschlossenheit in seinem Gesicht. Dann fiel auch schon der Schuss und traf sie mitten in die Stirn. Fast zeitgleich bellte eine Waffe an der anderen Seite des Autos auf und ihr Kollege brach zusammen. Der sonnige, friedliche Mittag war in Sekunden zerstört. Die Geräusche des Zugs verhallten in der Ferne.

Von den Ständen der Schausteller hallten Klopfen, Hämmern und einzelne Gesprächsfetzen und Rufe, über den Platz. Neben der Fahrertür des BMWs kullerten zwei Brötchen über den kiesigen Boden. Nach ungefähr einer knappen Viertelstunde kam der erste Radfahrer aus der Richtung vom Bahnhof, der nicht über den Neckar wollte, sondern in die Theresienwiese abbog und an dem Verteilerhaus vorbeimusste. Er sah zunächst ein Polizeiauto, die Türen weit geöffnet. Wie merkwürdig, dachte er. Dann entdeckte er eine Frau nahe dem Fahrzeug. Sie entfernte sich ohne Hast von dem Auto. Einen Rucksack auf dem Rücken, Plastiktüte in der Hand, näherte sie sich den Buden und halbfertigen Aufbauten der Schausteller, die unter Hochdruck arbeiteten. Der Radler hatte zwischenzeitlich das Auto erreicht, stieg ab, und erst dann machte er eine entsetzliche Entdeckung. Er sah zwei Körper auf dem Boden. Der Schock lähmte ihn, ehe er sich endlich an sein Handy erinnerte und die 110 wählte.

KAPITEL 2

Susanne steckte sich eine Zigarette in den Mund, zündete sie an. Sie sah Ellas vorwurfsvollen Blick. „Was isch? Ich weiß, man soll auf dem Schulgelände nicht mehr rauchen, mir egal."
Ella reagierte nicht darauf, blickte nur unruhig auf ihre Uhr. „Zehn nach vier. Wo bleibt die Donatella nur? Sollen wir ohne sie anfangen?" Ella sprach mit einem harten, osteuropäischen Akzent.
Susanne atmete tief durch, sog voller Genuss den Rauch ein. Ihr Gesicht entspannte sich augenblicklich. „Nein, das haben wir noch nie gemacht", entgegnete sie, „wir warten. Unverschämt heiß heute. Ich meine, ich hör was."
„Ja, Martinshorn, immer wieder. Muss ein schwerer Unfall sein."
„Ach was", widersprach Susanne, „Martinshorn hört man immer um die Zeit. Da war vorher auch ein Hubschrauber. Vielleicht suchen sie jemand? Hör mal, da kommt Donatella!"
Tatsächlich, ein deutliches Motorengeräusch war zu hören und gleich darauf fuhr ein älterer Fiat Diesel auf den Schulhof, hielt abrupt vor den beiden Frauen. Die Fahrerin, eine Frau Mitte vierzig, stieg aus. „Da ist vielleicht was los in der Stadt! Man kommt kaum durch, überall Polizei und Sperren, so etwas habe ich noch nie erlebt!", schimpfte sie.
„Wieso das denn?", fragte Susanne.
„Ja, hört ihr kein Radio?", empörte sich Donatella, „zwei Polizisten wurden erschossen! Ich mein, einer lebt noch."
„Aber doch nicht hier?", vergewisserte sich Ella.

„In Heilbronn erschossen? Von wem?“, wollte Susanne wissen.
„Natürlich hier, gleich drüben auf der Theresienwiese“, bestätigte Donatella.
„Du liebe Zeit! Schrecklich! Und mein Alexander war heute dort bei den Schaustellern. Aber zum Glück ist er schon zu Hause“, entsetzte sich Ella.
„Wieso das denn? Ich denk, der arbeitet in Schwaigern in einer Gießerei oder wo?“, wunderte sich Susanne.
„Nein, nicht mehr. Der hat sich selbständig gemacht, mit einem Freund“, erwiderte Ella, nicht ohne einen gewissen Stolz in der Stimme.
„Als was denn?“, wollte Susanne wissen. Ungläubig schüttelte sie den Kopf.
„Sie betreiben eine Agentur für Arbeitsvermittlung“, erläuterte Ella.
„Arbeitsvermittlung? Kann der so gut Deutsch?“, argwöhnte Donatella, ohne aber auf eine Antwort zu warten. „Aber jetzt müssen wir anfangen.“
Ella war es recht. Sie wollte nicht mehr antworten und ihre Kolleginnen bohrten nicht weiter nach. Trotz des schrecklichen Vorfalls, von dem Donatella berichtet hatte, eilte es ihr plötzlich mit der Arbeit. Auch jetzt erklang wieder ein Martinshorn, lärmte ein Hubschrauber über die Stadt hinweg.

Ella Pflaum arbeitete seit drei Jahren für die Gebäudereinigungsfirma. Seit ihrer Ankunft aus Nowosibirsk war es ihre zweite Arbeitsstelle und sie war damit recht zufrie-

den. Weniger zufrieden war sie mit ihrem zweiten Ehemann Alexander, den sie etwa zeitgleich geheiratet hatte. Eigentlich hieß er Anatol Mjaskowski, aber bei der Heirat hatte er ihren Nachnamen Pflaum und den Vornamen Alexander angenommen. Das sei für die Integration förderlicher, hatte man ihnen auf dem Rathaus empfohlen. Die Ehe mit Ella wiederum bedeutete für den frischgebackenen russischen Ehemann eine ständige Aufenthaltsgenehmigung und die Aussicht auf die deutsche Staatsbürgerschaft. Für seine Freunde blieb er Anatol.
Was Ellas ersten Mann betraf, er war schon alkoholkrank, als er zusammen mit Frau und dem kleinen Edmund in die Bundesrepublik kam. Nach dem Dienst beim Militär war er zum hoffnungslosen Trinker geworden. Aber seine Zeit in der Bundesrepublik war kurz. Schon nach einem Jahr wurde ihm die Autobahn zum Verhängnis. Er verunglückte tödlich. Doch die Polizei machte eine erstaunliche Feststellung: Der tödlich Verunglückte hatte ausnahmsweise keinen Alkohol im Blut, es war der Unfallgegner, ein prominenter Politiker, der ihn, stockbetrunken, in einer regennassen Nacht mit seinem schweren Mercedes von der Autobahn rammte. Allerdings hatte er an seinem Fahrzeug ein defektes Rücklicht, auch zuckelte er einfach zu langsam über die Fernstraße. Etwas, was Ellas erster Mann unter Alkoholeinfluss nie getan hätte, da ignorierte er jede Geschwindigkeitsbegrenzung, weshalb er auch die Fahrerlaubnis verloren hatte. Vermutlich wollte er deshalb besonders vorsichtig sein.
Ella musste heute alleine arbeiten, da ihre Kollegin Serpil sich vor wenigen Tagen wegen der anstehenden Geburt

des fünften Kindes abgemeldet hatte. Eine weitere Kollegin, Sandra, war seit zwei Wochen wie vom Erdboden verschluckt, gerüchteweise in ein Frauenhaus geflüchtet. Susanne und Donatella bildeten ein Gespann. Keine der Frauen, auch Ella nicht, arbeitete gerne alleine, obwohl es natürlich bei der Arbeitseinteilung berücksichtigt wurde, aber Donatella war die Vorgesetzte und sie hatte das Sagen.

Allerdings war es auch Donatella, die Ella, so hatte diese es erfahren, bei der Geschäftsleitung besonders lobte. Vielleicht drückte Donatella bei der Arbeitseinteilung auch indirekt eine Wertschätzung für Ella aus. Sie konnte man alleine arbeiten lassen. Aber jetzt drängte Donatella wieder mal auf einen schnellen Arbeitsbeginn.

„Je früher wir anfangen, desto früher sind wir fertig", konnte sie manchmal sagen. Heute sagte sie nur: „Wenn wir jetzt nicht anfangen ..." Vermutlich wurmte es sie auch, dass sie heute zu spät kam.

Ella befolgte Donatellas Anweisungen wortlos, sie widersprach überhaupt nie und war immer bemüht, ihre Arbeit ja richtig zu machen. Ganz anders Susanne, die sich gelegentlich auch schon mal mit Donatella – mehr oder weniger erfolglos – anlegte. Nun machten sich die Frauen auf den Weg zur Gerätekammer und holten sich die notwendigen Utensilien für einen arbeitsamen Abend.

Ella schob das kleine viereckige Gefährt mit dem darauf befestigten Müllbeutel und den Reinigungsutensilien vor sich her. Sie wollte wie üblich die Reinigung mit dem Sekretariat beginnen. Im Gegensatz zu Schülern und Besuchern klopfte Ella hörbar an die Tür – die erste Sekretärin,

Frau Dietz, arbeitete gelegentlich länger als die vorgeschriebenen Öffnungszeiten des Sekretariats, aber niemand antwortete. Heute wohl nicht, vielleicht ist sie doch noch in der Kur, überlegte sich Ella. Sie wusste, Frau Dietz sollte nach einer mehrwöchigen Kur wieder an ihrem Arbeitsplatz erscheinen. Ella suchte in ihrem Schlüsselbund nach dem passenden Schlüssel.
Sie öffnete und trat ein. In knappem Abstand zur Eingangstür verlief eine Art Theke, an der sich die Schüler oder die Besucher anstellten, dahinter standen etwas verdeckt die Schreibtische. Tagsüber arbeiteten hier noch zwei Teilzeitkräfte.
Ella ging um die Theke herum und warf einen Blick auf den Schreibtisch von Frau Dietz. Da war offensichtlich noch jemand beschäftigt und hatte noch nicht aufgeräumt. Unter dem Schreibtisch stand eine Handtasche, und die Tür zum Büro von Herrn Bachmeier, dem Schulleiter, war lediglich angelehnt. Ist Frau Dietz doch noch hier und gerade beim Herrn Direktor, fragte sich Ella. (Sie sprach immer nur vom „Herrn Direktor") Sie zögerte etwas und wollte den Raum wieder verlassen, aber als sie sich gerade umdrehen wollte, hielt sie ruckartig inne. Ein unerwarteter Laut tönte aus dem Büro des Schulleiters, nicht einmal, sondern immer wieder. Sie lauschte mit ungläubigem Staunen und wollte es nicht wahrhaben. Es war eindeutig, ein rhythmisches Stöhnen. Das kann, das darf nicht wahr sein!, fuhr es der entsetzten Ella durch den Kopf. Schon der Gedanke daran war ihr schrecklich peinlich.
Sie verließ schnell und leise den Raum und schloss sorgfältig ab. Zwei Türen weiter begann sie eilig ein Klassen-

zimmer zu reinigen. Eines stand fest, sie würde heute zuerst sämtliche anderen Räume reinigen und das Sekretariat und das Büro des Direktors erst zum Schluss. Heute wollte sie dem Herrn Direktor nicht mehr begegnen – und Frau Dietz erst recht nicht. Ella arbeitete so intensiv und konzentriert, sie merkte nicht, dass ihr allmählich Schweißperlen auf der Stirn standen.

Doch nach einiger Zeit wurde sie unsicher. Hatte sie sich vielleicht doch verhört? Neugier stellte sich zudem bei ihr ein, beherrschte mehr und mehr ihre Gedanken. Noch ein Raum, dann hatte sie sich entschieden. Sie würde nun doch das Sekretariat und Schulleiterzimmer bei der Reinigung vorziehen. Voller Mut schritt sie auf die Tür zu, drehte den Schlüssel, öffnete energisch, und da saß tatsächlich Frau Dietz an ihrem nun aufgeräumten Schreibtisch. Bei Ellas Eintreten ließ sie den Taschenspiegel in der Handtasche verschwinden. Sie sah wie immer nett und gepflegt aus und lächelte Ella freundlich an.

„Guten Tag Frau Dietz, Entschuldigung ...“, stammelte Ella, plötzlich verlegen.

„Ach, guten Tag, Frau Pflaum! Schön, dass wir uns heute noch treffen“, erwiderte Frau Dietz ausgesprochen freundlich. Sie stand sogar auf, ging auf Ella zu und schüttelte ihr die Hand. Das tat sie sonst nie.

„Lange nicht gesehen. Wie geht's Ihnen?“, fügte sie noch hinzu und blickte sie voll menschlicher Wärme an.

„Danke, gut. Ich wollte nicht stören.“

„Ach woher! Sie stören nicht“, beruhigte sie Frau Dietz, „ich bin erst fertig geworden. Wollte gerade gehen. Sie können sich denken, wenn man längere Zeit weg ist, da

bleibt viel liegen, da muss man erst mal wieder Überstunden machen."
„Ja, das kann ich mir denken", entgegnete Ella etwas verwirrt und musste besonders über das Wort „Überstunden" nachdenken.
„Bestimmt haben Sie schon gehört ...?", fragte nun Frau Dietz. Ella wurde verlegen, wusste nicht, was Frau Dietz meinte. Natürlich hatte sie etwas gehört. Sie musste wieder an dieses Stöhnen von vorher denken. Sie spürte, dass sie rot anlief. Frau Dietz musterte sie prüfend, ehe sie weitersprach.
„Haben Sie von dem Mord gehört? Gleich drüben auf der Theresienwiese?"
„Ach so, das", entfuhr es Ella, beinahe erleichtert, „ja, natürlich. Donatella kam deshalb zu spät. Die Straßen sind gesperrt und Hubschrauber fliegen umher."
„Finden Sie das nicht furchtbar?", fragte Frau Dietz. Ihre Betroffenheit war offensichtlich.
„Doch, furchtbar", stimmte ihr Ella voller Eifer zu. „Ich kann es immer noch nicht glauben. Wer macht so etwas?"
„Vielleicht Drogenhändler? Ich bin sicher, die Polizei wird die Täter finden", stellte Frau Dietz fest. „Heute Mittag waren doch viele Menschen auf der Theresienwiese."
„Ja, viele Menschen, das sagte mein Mann auch. Die finden die Mörder bestimmt schnell", stimmte ihr Ella zu.
Frau Dietz blickte sie überrascht an. „Ihr Mann?", entfuhr es ihr, „ach ja, er war ja auch dort. Wie lange?" Doch kaum ausgesprochen, bedauerte Frau Dietz ihre Worte und besonders die Frage. Nun war es Ella, die sie überrascht anblickte.
„Sie wissen das? Haben Sie ihn dort gesehen?"

„Nein, hab ich nicht“, log sie, „Herr Bachmeier erwähnte es. Er wollte ihn wegen einer Autoreparatur sprechen.“
„Ach so“, entgegnete Ella, „ja, das macht er immer noch mit seinem Freund zusammen, der hat eine Werkstatt.“
Frau Dietz nickte zustimmend. „Ja, ich wusste es nicht mehr so genau, hauptberuflich ist er doch anderweitig tätig?“
Ella Pflaum erzählte dann von der neuen Tätigkeit ihres Mannes als Arbeitsvermittler, dass er erfolgreich einige Helfer bei den Schaustellern vermittelt habe, aber auch Landsleute an einige örtliche Unternehmen. Sie fügte hinzu, dass er immer noch seinem Freund in der Werkstatt helfe, aber nur wenn „Not am Mann“ sei. Dass er alle Einkünfte natürlich versteuere, so wie es ihnen der Herr Direktor geraten habe. Der habe ihnen schließlich auch beim Kauf der Eigentumswohnung geholfen und kenne sich halt aus. Frau Dietz stimmte ihr da voll und ganz zu. Der Chef sei halt ein Steuerexperte, das Fach würde er heute noch unterrichten.
„Frau Pflaum, ich weiß, Sie haben noch viel zu tun“, sagte Frau Dietz endlich und verabschiedete sich. Aber sie ärgerte sich immer noch über ihren verbalen Ausrutscher.

Kapitel 3

Die beiden älteren Radfahrer hatten zunächst das westliche Neckarufer erreicht. Unterwegs hörten sie ein- oder zweimal ein Martinshorn, dem sie zunächst wenig Beachtung schenkten. Sie suchten und fanden das Lokal „Holzwurm", mitten im alten Ortsteil von Böckingen. Es war ihnen noch von einem früheren Besuch her in bester Erinnerung. Es waren sogar noch die gleichen, aus dem Balkan stammenden Betreiber. Die Radler schauten sich kurz im Lokal um, Platz gab es um diese Zeit genug, sie setzten sich nahe dem Fenster. Die Bedienung kam sofort. Sie bestellten jeweils einen Wurstsalat und Mineralwasser. Sie fühlten sich nun fast wie geborgen, entspannten sich etwas, streckten und beugten die Beine unter dem Tisch. Jetzt erst fiel ihnen das ständige Tatü der Notfallfahrzeuge auf.

„Muss ein schlimmer Unfall sein", sagte der Mann zu seiner Begleiterin. Sie nickte zustimmend mit dem Kopf. Bald darauf brachte die Bedienung Essen und Getränke. Einsilbig und konzentriert aßen und tranken sie, zahlten anschließend und erfrischten sich auf der Toilette, ehe sie wieder das Lokal verließen. Sie traten in eine veränderte Stadt.

Auf der Straße stauten sich die Autos, Martinshörner heulten ununterbrochen aus allen Richtungen, Polizeihubschrauber kreisten über der Stadt, Autofahrer hupten. Was war passiert? Ein Fußgänger klärte sie auf. „Auf der Theresienwiese wurden zwei Polizisten erschossen. Sämtliche Ausfahrten aus der Stadt sind gesperrt. Überall Kontrollen."

Die Frau fing an zu zittern, lehnte sich an ihren Mann.
„Was hast du, Irmgard?“, fragte der Mann erschrocken.
„Ich weiß nicht. Ich hab so Angst“, entgegnete die Frau.
„Musst du nicht. Natürlich ist das schrecklich. Aber was soll uns passieren?“
Der Mann legte behutsam seinen Arm um die Frau, er beruhigte sie und sie beratschlagten, was zu tun wäre. Sie kamen überein, dass sie heute ihre ursprünglich geplante Rundreise nicht mehr fortsetzen und in Heilbronn übernachten würden.
„Ich gehe zurück ins Lokal, vielleicht können die uns helfen etwas zu finden“, entschloss sich der Mann.
„Ja, mach das, Dieter“, stimmte ihm seine Frau zu und musterte kopfschüttelnd die Blechlawine in der völlig verstopften Straße. Währenddessen ging ihr Mann wieder in das Lokal und wandte sich an die überraschten Betreiber. Die Leute waren entsetzt, als er ihnen von dem Anschlag auf die Polizisten berichtete. Er trug sein Anliegen vor und sofort stellten sie ihm das Telefonbuch und das Telefon zur Verfügung. Gleich mit seiner ersten Anfrage im Insel-Hotel hatte er Erfolg. Ja, ein Doppelzimmer für eine Nacht, in Ordnung. Er hatte das Insel-Hotel gewählt, weil er den Weg kannte und seiner Frau etwas Gutes tun wollte. Er wusste, es war das beste Hotel in Heilbronn, zentral und in herrlicher Lage zwischen zwei Armen des Neckars gelegen.
Die Räder schiebend ging das Paar wieder den Weg zurück, den es gekommen war, zuerst durch die Straßen von Alt-Böckingen, vorbei an den Autos, die sich nur immer wieder mal ruckartig bewegten. Sie waren froh, als sie

wieder auf dem Radweg waren, der über den Neckar führte, links begleitet von den Bahnschienen hinter Büschen und einem hohen Zaun, rechts tauchte wieder die Theresienwiese auf. Die Hitze und der Lärm waren hier erträglicher. Aber mehr und mehr Fußgänger und Radler drängten sich vor und hinter ihnen.
Der Weg mündete schließlich in die Bahnhofstraße, nur wenige Hundert Meter von der Bahnstation entfernt. Vor dem Bahnhof empfing sie ein völliges Chaos. Ein zähfließender Verkehr, der immer wieder zum Erliegen kam, und überall Polizisten, meist junge Beamte, teilweise die Hand nahe der Waffe, kontrollierten die Autos und ihre Fahrer. Manche Insassen mussten aussteigen, den Kofferraum öffnen. Trotzdem verbreiteten die uniformierten Vertreter der Staatsmacht kein Gefühl der Sicherheit und Autorität, es wirkte alles etwas hilflos, erinnerte an das sprichwörtliche Suchen nach der Nadel im Heuhaufen.
Die beiden Radler standen zunächst schweigend, einem Hindernis vergleichbar, in dem Strom der Fußgänger. Immer wieder war da mal ein Schubser, eine unfreundliche Bemerkung. Der Mann legte seinen Arm um seine Frau, er spürte ihre Angst.
„Gleich, gleich sind wir im Hotel, Irmgard“, beruhigte er sie. Sie sagte nichts, nickte lediglich mehrmals mit dem Kopf. Der Mann ging voran, schob sein Rad und formte dabei eine Gasse für seine Frau. Sie benötigten eine Stunde, bis sie endlich das nahe Insel-Hotel erreicht hatten.
Erst als sie in ihrem Zimmer waren, fühlten sie sich erleichtert und sicher. Die Geräusche der Außenwelt regi-

strierten sie kaum noch. Sie hielten die Jalousien geschlossen.

„So ein schönes Zimmer hatten wir schon lange nicht mehr", stellte der Mann endlich voller Anerkennung fest.

„Stimmt, Dieter", entgegnete seine Frau und lächelte matt.

Nach einiger Zeit stellten sie sich unter die Dusche, zuerst Dieter, dann seine Frau. „Wir haben keine Kleider zum Wechseln", bemerkte Dieter, als Irmgard aus dem Bad kam.

Sie zuckte nur mit den Schultern, blickte auf das Badetuch, das sie um ihren Körper geschlungen hatte. „Hauptsache, wir sind von der Straße weg. Ein wirklich schönes Zimmer."

Sie legten sich auf die Betten, schlossen die Augen, dösten ein wenig, aber beide konnten keinen erholsamen Schlummer finden. Dieter erschrak, riss die Augen auf und blickte auf seine Uhr, es war kurz vor siebzehn Uhr. Sofort kreisten seine Gedanken wieder um das Geschehen der letzten Stunden. Er stand auf und kleidete sich langsam an, dabei musterte er sich in dem großen Spiegel neben der Badtür. Er hatte in den letzten Monaten einige Pfunde verloren. Man konnte es auch an den schlaffen Hautfalten sehen. Aber er hatte sich mit seinem Alter abgefunden. Der viele Sport seit seinem Ruhestand hatte den natürlichen Alterungsprozess lediglich verlangsamt und ihn wieder etwas ertüchtigt.

Seine Augen suchten seine Frau. Sie lag auf ihrem Bett unter dem Badetuch, beobachtete ihn schweigend. Vermutlich hatte sie ihn schon eine Weile beobachtet. Sie tauschten ein Lächeln, dann stand auch sie auf und kleidete sich an.

„Wir gehen mal nach unten. Lust auf Kaffee und Kuchen?“, fragte Dieter. Irmgard nickte dankbar. Im Aufzug trafen sie zwei jüngere Männer, trotz des heißen Wetters waren sie ausgesprochen korrekt gekleidet. Sie sahen aus wie smarte Yuppies, die sich zwar im Aufzug nach unten bewegten, aber beruflich führte ihr Weg bestimmt nach oben. Sie unterhielten sich über den Anschlag auf die Polizisten. Ja, es habe natürlich einige Unannehmlichkeiten verursacht, da könne man einen Termin nicht unbedingt einhalten, Schicksal eben, aber was die Polizei da unternehme, all diese Kontrollen, das wäre nicht nachvollziehbar. Die sind doch längst schon auf der Autobahn, ab und davon. Aber schnappen, ja schnappen würde man die Täter in jedem Fall.
Irmgard fing wieder an zu zittern, aber nur Dieter bemerkte es und legte, wie schon mehrmals an diesem Nachmittag, schützend den Arm um sie, drückte sie an sich. Einer der Männer blickte ihn etwas überrascht an. Er interpretierte es wohl auf seine dynamische Art. Dann war der Aufzug im Parterre angelangt, die Türe öffnete sich nahezu lautlos und sie traten auf den hellen, freundlichen Gang.
Im Restaurant des Hotels waren die Geräusche der Straße wieder deutlicher zu hören. Mal ein Martinshorn oder ein aufgeregter Gast, der die Unruhe der Straße in die einladende Gaststube trug. Sie setzten sich an einen Tisch in der Mitte des Raums, und sofort war eine Bedienung, jung und nett, bei ihnen und nahm die Bestellung auf. Sie lächelte freundlich und sprach kein Wort zu viel. Irmgard war ihr dafür dankbar. Aber auch so klangen Gesprächs-

fetzen über das heutige Geschehen an ihr Ohr. Dieter und Irmgard sprachen kaum ein Wort. Und als die junge Frau ihnen Kaffee, einen Sprudel mit zwei Gläsern und Kuchen servierte, da tranken und aßen sie fast andächtig und schweigend.

Als Dieter und Irmgard am frühen Abend vor das Hotel traten, hatte sich die Situation auf den Straßen fast normalisiert. Aber es lag eine gewisse Nervosität in der Luft, die Menschen waren nicht so entspannt, wie dies sonst an einem Bilderbuch-Sommerabend üblich sein mochte. Irmgard deutete auf die andere Seite, über die Brücke. „Dort drüben ist ein C&A, da kann ich mir ein Nachthemd kaufen. Sollte eh noch eins kaufen." Dieter nickte. Er machte, was er sonst kaum tat. Er nahm seine Frau bei der Hand. Sie überquerten die Straße, gingen in das Kaufhaus. Bald hatten sie ein nettes Nachthemd für die warme Jahreszeit ausgesucht. Dieter kaufte sich lediglich eine Boxershorts als Ersatz für den fehlenden Schlafanzug. Anschließend suchten sie noch einen Drogeriemarkt auf, erstanden Zahnbürsten und Zahnpasta.

Sie bummelten noch etwas durch die Innenstadt von Heilbronn, dann kehrten sie ins Hotel zurück, fanden einen Platz in der Gaststube, die im Gegensatz zum Nachmittag plötzlich voll war. Das Hotel ist ausgebucht, hörten sie einen Kellner sagen. Ohne groß zu überlegen bestellten sie jeweils ein Nudelgericht und Saftschorle. Mit ihnen am Tisch saßen zwei Frauen, beide so ungefähr fünfzig, besonders eine der Frauen war sehr aufgeregt. „Sind Sie auch in Heilbronn gestrandet?", wandte sich die Frau, die einen völlig aufgelösten Eindruck machte, an Irmgard und Dieter.

„Ja, so kann man es ungefähr nennen", entgegnete Dieter einsilbig. Er wollte nicht mehr sagen, aber irgendwie verwickelte die Frau ihn dann doch in ein Gespräch. Es drehte sich natürlich nur um den Vorfall auf der Theresienwiese. Als sie dann hörte, dass Dieter und Irmgard tatsächlich kurz vor der Tatzeit dort vorbeigeradelt waren, stieg ihre Aufgeregtheit ins Unermessliche.

„Das müssen Sie unbedingt der Polizei melden! Was haben Sie denn gesehen?"

„Ich habe nichts Besonderes gesehen", entgegnete Dieter wahrheitsgemäß, „mir ist nichts aufgefallen."

„Aber, aber ... Unmöglich!"

„Da war niemand. Ich habe auch kein Polizeiauto gesehen. Die Schausteller, die könnten vielleicht ... An dem Haus ist mir nichts aufgefallen!"

„Dann waren Sie halt doch früher dort!", stellte die Frau fest. Sie war sichtlich enttäuscht.

„Und Ihnen", wandte sie sich plötzlich an Irmgard, „und Ihnen ist auch nichts aufgefallen? Haben Sie auch keine verdächtige Person gesehen?"

Irmgard erschrak. „Nein, nein! Um Himmels willen, nein!", stieß sie hervor und wusste, dass sie die Unwahrheit sprach.

„Entschuldigung, ich wollte Sie nicht erschrecken. Es berührt mich halt", entgegnete die Frau besänftigend. Endlich brachte die Bedienung das Essen.

Im Zimmer schauten Dieter und Irmgard noch eine Weile fern, ehe sie ins Bett gingen. Als sie in der Dunkelheit unter den dünnen Decken lagen, konnten beide nicht schlafen. Dieter merkte, dass seine Frau leise weinte. Er

streckte sanft seinen Arm aus, liebkoste sie. Plötzlich warf sich Irmgard auf ihn. Ihre Tränen netzten sein Gesicht. Sie zitterte am ganzen Körper und begann ihn voll Inbrunst zu küssen. Plötzlich hielt sie inne.
„Es ist alles so schrecklich“, sagte sie endlich, „bei mir kommt alles wieder zurück, von damals.“
„Das habe ich befürchtet, versuch dich zu beruhigen“, erwiderte Dieter und streichelte sie. Seine Vermutung hatte sich also bestätigt. Das schreckliche Geschehen in ihrer Vergangenheit hatte sie wieder eingeholt. Er drückte seine Frau, erwiderte ihre leidenschaftlichen und hungrigen Liebkosungen, während sie gleichzeitig hemmungslos weinte.

Kapitel 4

Dies ist mein Tagebuch. Ich habe so etwas noch nie geschrieben. Ich schreibe es für mich, aber auch für meine Mädchen, falls mir mal etwas zustoßen sollte.

Ich heiße Martha Enescu, bin achtunddreißig Jahre alt und stamme aus Timisoara, Rumänien. Eigentlich nicht direkt, sondern aus einem kleinen Dorf, etwa eine Stunde Fußmarsch von Timisoara entfernt. Eine einzige Straße führt aus dem Dorf in die Stadt. Angeblich sucht mich die Polizei in Österreich und Deutschland schon lange, aber so genau weiß ich das nicht. Anatol sagte es mir. Ich kann ja kein Deutsch lesen und nur wenig sprechen, aber für mich reicht es. Ich komme damit in Ländern, in denen Deutsch gesprochen wird, zurecht. Russisch kann ich besser. Eigentlich recht gut.

Ja, das mit den Polizisten auf der Theresienwiese war so nicht geplant. Aber warum mussten die auch genau bei uns parken? Wir hatten ja keine andere Wahl! Zwei Tage zuvor hatten wir eine Bank überfallen, und da war nun ein Phantombild von Micha in der Zeitung. Arg gut war es ja nicht. Adam wird ebenfalls schon lange von der Polizei gesucht und unser Auto war auch gestohlen. Adam ist sowieso stinksauer auf die deutsche Polizei.

Übrigens, bei dem Banküberfall war es wieder mal ich, die die Räumlichkeiten ausspionierte. Für solche Fälle habe ich extra mal ein Kleid in einem Kaufhaus mitgehen lassen. Mache dann so richtig auf nette Frau, Touristin, modisches Kleid, Haare frisch gewaschen und frisiert, etwas Schmuck und ganz, ganz freundlich. Tausche dann meist etwas Geld. Anatol hatte uns den Tipp mit der Bank gegeben. Er kennt sich ja in Deutschland aus, er hat es geschafft, ständiger Aufenthalt! Bestimmt hat er nur deshalb seine Frau geheiratet. Sie ist Deutsche, verdient ordentlich, hat eine gute Stelle.

Anatol hilft uns, wenn wir in Deutschland sind, natürlich auch nicht umsonst. Das große Risiko tragen aber Micha und Adam. Meist geht das so: Micha machte den Überfall und Adam wartete alleine im Auto. Bei größeren Sachen kann es sein, dass Adam und Micha das zusammen machen und ich warte und fahre das Auto. Früher machte das auch der Anatol. Aber er meint wohl, jetzt als Deutscher hat er es ja nicht mehr nötig.

Wir lernten uns 1993 kennen. Als Erstes raubten wir eine alte Frau aus. Sie war danach tot, aber das wollten wir nicht. Seitdem machten wir immer wieder mal gemeinsame Sachen und trennen uns dann wieder. Adam haben sie mal geschnappt und zu zwei Jahren verurteilt. Beim nächsten Mal waren es dann schon acht. Das war gerade, als ich im dritten Monat von ihm schwanger war. Ich ging nach Hause zurück, zu Mutter und den zwei Kindern von meinem Mann. Der ist abgehauen, bald nachdem die Grenzen geöffnet wurden. Kurz darauf wurde mein Vater auf dem Heimweg von Timisoara umgebracht. Den Mörder hat man nie gefunden.

Egal, gute Erinnerungen habe ich an meinen Vater sowieso nicht. Als ich noch klein war, verprügelte er manchmal Mutter oder mich oder uns beide. Bis ich mich eines Tages wehrte – und wie! Seit er tot ist, sorge ich für Mutter und meine Kinder alleine. Ich sorge besser für meine Familie als all die anderen Mädchen, die aus unserem Dorf ebenfalls in den Westen gingen. Und ich war nie eines von den hübschen Dingern in unserem Dorf! Deshalb waren meine Eltern ganz glücklich, als der Radu mich heiratete. Aber ein guter Ehemann war er nie.

Ja, das mit den Polizisten hätte nicht sein müssen. Verursacht zu viel Wirbel. Das kann es nur für die Zukunft schwerer machen. Aber von mir hat die Polizei ja nichts. Vielleicht ein paar Fingerabdrücke. Aber sie kennen mich nicht. Als Micha und Adam abdrückten, fuhr der Zug gerade über die Brücke, aber ich hörte trotzdem die Schüsse, und dann ging alles ganz schnell. Micha und Adam sprangen in ihr Auto und fuhren los. Anatol war plötzlich verschwunden, er nahm wohl den Fußweg am Fluss. Die Gelegenheit mit den Waffen konnte ich mir da einfach nicht entgehen lassen. Niemand war da und konnte etwas gehört oder gesehen haben. Ich rannte schnell zum Fahrzeug. Die Polizisten lagen neben dem Auto. Ich schnappte mir die Pistolen und entfernte mich wieder. Gerade noch rechtzeitig, denn auf dem Weg zwischen den Büschen tauchte ein Radler auf. Ich bin sicher, er hat mich vorher nicht gesehen.

So ganz unverdächtig langsam ging ich über den Platz, auf dem Rücken den Rucksack, in der Hand die Plastiktüte. Die Waffen schepperten gelegentlich ein wenig. Aber Hauptsache, man konnte von außen nichts erkennen. Gerade als ich die Straße Richtung Bahnhof schräg überquerte, hörte ich die erste Polizeisirene.

Im Bahnhof kaufte ich mir erst mal eine Zeitung und ging auf die Toilette. Ich schloss mich ein, umwickelte die Waffen sorgfältig mit Papier und verstaute sie wieder in der Plastiktüte. Als ich die Toilette verließ und die Treppen hochging, war schon die Hölle los. Und erst recht als ich vor das Gebäude trat! Polizeisirenen waren zu hören und die Autos kamen nicht mehr richtig voran. Am Himmel tauchte plötzlich ein Hubschrauber auf. Eine Frau fragte mich etwas, ich verstand sie nicht, zuckte die Schultern. Aber irgendwie freute ich mich, dass ich etwas wusste, was all die blöden Deutschen um mich herum nicht wussten. Ich ging zu der großen Bushaltestelle nahe dem Bahnhof. Von dort aus fahren täglich Busse nach Bukarest und manche sogar bis Moskau. Die Busfahrer sind meist Rumänen. Ich fragte den Fahrer, der neben dem Bus stand. Ja, kein Problem bis nach Timisoara. Er hoffe, dass man um sechzehn Uhr losfahren könne. Ich kaufte mir eine Fahrkarte, gab ihm den Rucksack und er zwängte ihn auf die Koffer in dem Gepäckraum. Ich ging sofort in den Bus, fand einen der wenigen noch freien Plätze neben einer Nutte. Das sieht man doch! Das Gepäcknetz war schon voll. Das gefiel mir ja gar nicht. Also musste ich meine Tüte unter meinen Platz schieben. Aber da kann man schon mal nachts, wenn man schläft, leicht bestohlen werden. Größere Geldsummen verstecke ich immer am Körper. Normalerweise brauche ich keinen BH, trage zu Hause auch nie einen. Ich bin vorne so flach wie ein Brett und möchte deshalb auch nie, dass mich ein Mann ganz nackt sieht. Wenn, dann einfach nur die Hose runter. Aber ich machte mir einen besonderen BH, für Ladendiebstahl und so. Da geht keine Alarmanlage. Und wann immer ich nach Hause komme, ist der auch voll mit Scheinen.

Es sollte zwanzig Uhr werden, bis wir endlich die Stadt verlassen konnten. Die Frau auf dem Nebensitz war von Bukarest. Monica hieß sie. Wir kamen ins Gespräch. Ich sagte ihr, ich arbeitete als Ernthelferin, sie sagte, sie arbeitete in Deutschland ein paar Monate als Escort. Kann sein. Sie war sicher keine, die sich von Zuhältern ausbeuten lässt. Sie sagte auch, sie wäre eine Studentin, sie möchte Lehrerin werden für Deutsch und Französisch. Tatsächlich, Französisch! Da musste ich mir eine Antwort verkneifen. Aber wie ich später feststellen sollte, konnte sie prima Deutsch und war auch sonst in Ordnung.
Als der Bus um fünf Uhr immer noch nicht abfahren konnte, bot sich Monica an, etwas zu Essen zu holen. War mir natürlich sehr recht, denn ich wollte die Plastiktüte nicht aus den Augen lassen. Während ihrer Abwesenheit schickte ich eine SMS an Adam. Prompt kam eine zurück. Er war schon lange auf der Autobahn, aber er sagte nicht wo. Er ist vorsichtig geworden.
Endlich fuhren wir los. Aber ehe wir die Stadt endgültig verlassen konnten, mussten wir durch eine Polizeikontrolle. Zwei junge Polizisten gingen durch den Bus, wollten die Ausweise sehen. Mehr nicht. Natürlich waren alle in Ordnung. Wer setzt sich an so einem Tag in den Bus ohne gültige Papiere? Die Polizisten sahen auch schon richtig müde aus. Dann endlich waren wir auf der Schnellstraße in Richtung Autobahn. Ich schlief sofort ein. Ich schlafe immer gut, nachdem wir ein Ding gemacht haben. Danach bin ich dann irgendwie erschöpft. Kenne das vom Sport, vom Handball. Nach einem guten Spiel war ich zunächst immer richtig aufgedreht. Und dann wurde ich todmüde.

Kapitel 5

Die Schüsse auf die beiden Polizeibeamten waren tödlich, davon waren Adam und Micha überzeugt. Micha rannte bereits blitzschnell auf dem Radweg zu ihrem Auto, als Adam sich nochmals kurz über die Körper beugte und ihm dann sofort folgte. Das Gebäude bot ihnen Deckung und ihr Auto stand schon mit laufendem Motor und offenen Türen auf der anderen Seite. Micha setzte sich ans Steuer, Adam sprang auf den Beifahrersitz und gleichzeitig nahm Micha den Fuß von der Kupplung zurück. Doch im Gegensatz zu ihren bisherigen rasanten Handlungen fuhr Micha ausgesprochen gemächlich los. Sie überquerten scheinbar ohne Hast die Theresienwiese, während Adam intensiv die Umgebung musterte, besonders die Schausteller und ihre Arbeiter. Aber die Männer werkelten wie zuvor, hatten nur ein Augenmerk für ihre Arbeit. Der Zeitdruck, unter dem sie standen, musste enorm sein.

Als das Fahrzeug die Festwiese überquert hatte und die Straße erreichte, bog Micha nach rechts ab. Am Ende der Festwiese machte er eine erneute Rechtswendung in die Karlsruher Straße und sie passierten nach wenigen Hundert Metern die Brücke über den Neckar.

„Sieht gut aus“, sagte Adam, „noch niemand hat es entdeckt, aber jetzt hält ein Radler.“ Doch dann versperrte dichtes Gebüsch endgültig seinen Blick auf die Theresienwiese und den Tatort.

Michas Gesicht verzog sich zu einem selbstsicheren Lächeln. „Soll er, der Vorsprung reicht uns. Der ruft jetzt die Polizei, aber bis die kommen!“, entgegnete er triumphie-

rend und bog erneut rechts ab, in die Neckartalstraße, eine Schnellstraße, die zur Autobahn führte.
Aber nach wenigen Metern geschah es. Plötzlich torkelte ein Mann auf die Fahrbahn. Micha bremste abrupt, hupte, scherte etwas nach links. Ein sekundenschneller Blick in den Rückspiegel, das Fahrzeug hinter ihm hatte genügend Abstand. Dann erfasste er rechter Hand das entsetzte, schmutzige Gesicht eines Mannes. Der drehte sich augenblicklich um, sprang zurück, und aus dem Augenwinkel heraus konnte Micha erkennen, dass er mit dem Gesicht voraus auf den Gehweg fiel. Es schien ihm nichts passiert zu sein. „Ein Unfall! Hätt' uns gerade noch gefehlt", knurrte Adam. Micha nickte, schüttelte wütend den Kopf.
Micha ordnete sich in den dichten Verkehr ein. Eine Verkehrstafel über der Straße – weiße Schrift auf blauem Grund – kündigte schon die nahen Autobahnen, die zu den Städten Mannheim, Stuttgart, Würzburg und Nürnberg führten, an. Nach etwa vier Kilometern konnten sie die erste Autobahnauffahrt, Richtung Stuttgart, sehen. Wie von den Männern erwartet, gab es noch keine Straßensperre und es fand auch keine Kontrolle statt. Aber das konnte nun jeden Augenblick geschehen.
Micha blickte Adam unsicher an, deutete mit einer Kopfbewegung auf das Hinweisschild, das sie gerade passierten. Adam lächelte zufrieden, schüttelte dann leicht den Kopf. „Nein, fahr geradeaus, dann an der Ampel vorne rechts, nach Neckarsulm. Wir gehen nicht auf die Autobahn. Da werden sie überall suchen. Wir gehen zu unserem Lager", erläuterte er und nickte zufrieden. Irgendwo erklang nun ein Martinshorn. Adam drehte sich um, blickte zurück.

Aber er konnte kein Polizeiauto entdecken. Ohne Probleme erreichten sie das etwa zwei Kilometer entfernte Neckarsulm und durchfuhren das Städtchen. Micha war mit der Örtlichkeit von früheren Aufenthalten her vertraut. Als Nächstes durchquerten sie Erlenbach, Binswangen und kamen dann an Weinsberg vorbei. Die Löwensteiner Berge lagen vor ihnen. Sie bemerkten keine Auffälligkeiten auf der Straße, es herrschte ganz normaler Feierabendverkehr. Dass hinter ihnen der Verkehr aus Heilbronn heraus langsam versiegte, das merkten sie schon nicht mehr. Aber sie wussten, sie hatten der Polizei wieder mal ein Schnippchen geschlagen.

Nach etwa einer halben Stunde erreichten sie das auf einen Bergkamm erbaute trutzige Städtchen Löwenstein. Einer großen S-Kurve gleich führte die Straße durch den Ort, verließ die Ortschaft wieder in östlicher Richtung und schlängelte sich dann den Berg hoch. „Fahr vorsichtig! Hier sind viele Motorradfahrer unterwegs“, mahnte Adam. Micha nickte zustimmend und lächelte gelassen. Er fuhr dicht auf der rechten Straßenseite. Gelegentlich wurden sie von schnelleren Motorrad- und Autofahrern überholt. Kurze Zeit später hatten sie die Hochebene erreicht. Links drängte sich ein dichter, alter Mischwald an die Straße, rechts wechselten sich freie Wiesen und Felder ab. Micha verlangsamte noch mehr das Tempo, dann hatte er gefunden, was er suchte. Er bog links in einen Waldparkplatz ein, fuhr im Schritttempo zum entfernten Ende, parkte und schaltete den Motor aus. Die beiden Männer lehnten sich zurück, ein zufriedenes Lächeln auf den Lippen. Dann musterten sie den Parkplatz. Da standen nur drei weitere

Fahrzeuge. Adam und Micha lehnten sich zurück, zündeten sich jeweils eine Zigarette an.

Plötzlich griff Adam unter seinen Sitz, zog zwei Paar Handschellen hervor, hielt sie triumphierend hoch. Micha schüttelte ungläubig den Kopf. „Wieso das denn? Den Bullen abgenommen?“

Adam grinste wie ein Junge, dem ein lustiger Streich gelungen war. „Ja“, sagte er und nickte eifrig, „irgendwann lege ich sie einem deutschen Bullen an. So wie die mir auch schon!“ Hass sprach aus seinen letzten Worten, dann verstaute er die Trophäe wieder unter dem Sitz.

Adam schnipste als Letzter seine Kippe durch das geöffnete Fenster auf den Boden. Schweigend standen sie auf, verließen das Fahrzeug. Sie musterten die geparkten Autos, aber sie konnten niemand entdecken. Ohne Worte wussten sie, was sie nun zu tun hatten. Aus dem Kofferraum holten sie einige Plastiktüten, dazu eine kleine Hacke und eine kleine Schaufel. Geräte, wie sie Camper mit sich führen.

Nahe dem Auto führte ein Fußweg in den Wald hinein. Aber kaum hatten die Männer ein Dutzend Schritte auf dem Pfad zurückgelegt, als sie Geräusche hörten und überrascht innehielten. Fast automatisch zogen sie die Baseballmützen tiefer in die Stirn, blickten kurz zurück und dann wieder geradeaus.

„Wir gehen langsam weiter, nichts anmerken lassen“, flüsterte Adam, dabei bewegte er sich vor Micha, sodass dessen Gesicht etwas verdeckt war. Der Weg vor ihnen machte eine Biegung, und plötzlich erschien eine junge hübsche Frau, in der rechten Hand einen halbgroßen Hund an der Leine, der sich voll übermütiger Neugier sofort den

Fremden entgegenstürzte. Die Frau zerrte ihn energisch zurück, dann erst blickte sie flüchtig die Männer an, senkte sofort ihren Blick und sprach ein paar Worte zu dem Hund, ehe sie eilig an ihnen vorbeiging. Adam und Micha drückten sich in den Wald, starrten ihr nach.
„Sollen wir nicht?“, fragte Micha. Adam schüttelte stumm den Kopf. Sie beobachteten, dass die Frau schnellen Schrittes den Parkplatz überquerte. Offenbar hatte sie das Auto der Männer nicht einmal entdeckt. Sie ging zu einem der Fahrzeuge, öffnete die Fahrertür, klappte den Sitz zurück und der Hund sprang hinein. Dann setzte sie sich hinter das Steuer und fuhr schnell davon.
„Hätten wir nicht?“, fragte Micha erneut, „die sah wirklich gut aus.“
„Und was, wenn sie bald vermisst worden wäre? Was glaubst du, was jetzt überall los ist? Sei froh, dass sie nicht gleich ihr Handy in die Hand genommen hat. Außerdem, mir ist jetzt nicht danach“, stellte Adam entschieden fest. Micha zuckte gleichmütig mit den Schultern.
Schweigend gingen die Männer tiefer in den Wald hinein. Nach etwa einem halben Kilometer verließen sie den Weg, näherten sich einem dichten Jungwald. Immer wieder blieben sie stehen, lauschten, musterten aufmerksam die Umgebung, dann drangen sie in das buschige Gehölz ein. Adam blieb erneut stehen, nickte. Sie räumten einige Äste zur Seite und fingen an zu graben. Schon nach kurzer Zeit stießen sie auf eine Plastiktüte, zogen sie vollends aus der Erde. Adam griff in die Tüte, entfernte eine Folie und nahm mehrere Bündel mit Geldscheinen heraus. Er reichte sie Micha, der sie in einer der mitgebrachten Tüten ver-

staute. Adam machte eine fordernde Handbewegung, Micha zog seine Waffe aus der Jackentasche und reichte sie Adam, zusammen mit einer Schachtel Munition. Adam zog nun seine eigene Pistole aus der Jackentasche, wickelte die Waffen sorgfältig in Folien ein und steckte sie zusammen mit der Munition in die Plastiktüte. In wenigen Minuten hatten sie die Gegenstände vergraben und zogen Gestrüpp über die Stelle.
Einen Augenblick blieben sie stehen, lauschten in den Wald hinein. Vogelgezwitscher war zu hören, weit entfernt der gedämpfte Lärm von der Straße. Irgendwo bellte ein Hund. Adam nickte. Sie traten ihren Rückweg an. Auf dem Weg zum Auto begegnete ihnen niemand.
Nachdem die Männer den Parkplatz verlassen hatten, fuhren sie auf der Straße nach Schwäbisch Hall weiter. In Michelfeld suchten sie einen McDonald's auf. Es war noch keine Woche her, da hatten sie mehrmals das Lokal aufgesucht, bis sie eine nahe Bank überfallen hatten. Sie parkten und Adam stieg aus, um Hamburger, Pommes und Cola zu holen, während Micha im Auto sitzen blieb. Er hatte das Fenster halb geöffnet, lehnte sich in seinem Sitz zurück und zog die Mütze tief ins Gesicht.
Plötzlich parkte ein Auto neben ihm, die Fenster geöffnet. Es waren lebhafte junge Leute, sie hatten bereits ihre Speisen und Getränke abgeholt. Sie sprachen so laut, dass Micha sie mühelos verstehen konnte. Zunächst waren es alltägliche Dinge, dann sprachen sie plötzlich über einen Polizistenmord in Heilbronn. Einer berichtete von dichten Verkehrskontrollen bei der Ausfahrt von Heilbronn, aber nicht auf der Autobahn nahe Schwäbisch Hall. Michas

Hände verkrampften sich um das Lenkrad, und jetzt erst wurde ihm bewusst, dass sie ja die ganze Zeit Russisch gesprochen hatten.
Da näherte sich auch schon Adam, der vorsichtig ein volles Tablett vor sich hertrug. Micha blickte ihn an, bedeutete ihm mit einem Blick und einer Handbewegung, nicht zu sprechen. Dann kurbelte er das Fenster nach oben und Adam öffnete die Tür an der Beifahrerseite.
Eine knappe halbe Stunde später verließen die Männer den Parkplatz. Sie fuhren weiter in Richtung Schwäbisch Hall, dort bogen sie auf die Schnellstraße ab, die in nördlicher Richtung zur Autobahn nach Nürnberg und von dort weiter nach Osten führte. Der Verkehr war in dieser ländlichen Gegend nur mäßig, und ohne Zwischenfälle erreichten sie die Fernstraße. Kurz vor Nürnberg machten sie noch eine Toilettenpause, tankten, und Adam setzte sich hinter das Lenkrad. Der frühsommerliche Tag neigte sich zu Ende. Die Strecke verwandelte sich in ein Lichterband. Sie bewegten sich stetig der Deutsch-Tschechischen Grenze zu, kein Stau, keine Verkehrskontrolle. Aber eine Spur von Unsicherheit und Unruhe blieb. Ihre Aufmerksamkeit erlahmte nicht.
Bei tiefer Dunkelheit erreichten sie Waidhaus, den letzten Ort vor der Grenze. Sie steuerten den Parkplatz einer Tankstelle an. Es herrschte ein reger Betrieb, riesige Lastzüge, große und teure BMWs und Mercedes' und eine Vielzahl einfacher, vielleicht auch ärmlicher Fahrzeuge, teilweise vollgestopft mit Menschen und Gegenständen. Die Männer suchten die Toiletten auf. Als sie wieder vor das Gebäude traten, zündeten sie sich eine Zigarette an. Sie rauchten gemächlich und musterten dabei die Umgebung.

Aber sie konnten keine Auffälligkeit entdecken. Adam deutete mit einer Kopfbewegung an: Alles klar, wir fahren weiter. Micha nickte zufrieden. Heute noch würde er Adina treffen, seine Adina. Er musste wieder an die junge Frau denken, die ihnen heute Nachmittag im Wald begegnet war. Ohne Probleme erreichten sie Tschechien.
Vor den Männern dehnte sich die Fernstraße Richtung Prag. In der Dunkelheit tauchten Schilder mit tschechischen Namen und Wörtern auf und verschwanden wieder. Ein Gefühl der Sicherheit und Vertrautheit machte sich bei ihnen breit. Sie waren überzeugt, jetzt konnte ihnen nicht mehr viel passieren. Adam saß immer noch am Steuer, fuhr gleichmäßig und achtete darauf, dass er die Geschwindigkeitsbegrenzung nicht überschritt. Gelegentlich rauchte er eine Zigarette. Micha holte nach einiger Zeit sein Mobiltelefon hervor, tippte eine Nummer ein.
„Wen?“, fragte Adam.
Micha lächelte verschmitzt. „Na, wen schon? Holiday Bar natürlich.“
„Dacht ich mir. In einer Stunde sind wir dort. Lass es auch Oleg wissen.“
„In Ordnung. Wir bleiben doch über Nacht?“, fragte Micha. „Jetzt haben wir ja alle Zeit der Welt.“
„Können wir. Und erzähl ja nichts von heute!“, warnte Adam.
„Keine Sorge“, versprach Micha.

Die Leuchtschrift konnte man schon von der Autobahn erkennen: „Holiday Bar“. Es war die letzte Ausfahrt vor Pilsen. Vor dem Lokal standen zahlreiche Autos mit deutschen Kennzeichen. Adam parkte, sie stiegen aus, gingen auf den hell erleuchteten Eingang zu. Ein vierschrötiger Bär von einem Mann stellte sich ihnen in den Weg, aber als sie aus der Dunkelheit in den Lichtkegel traten, änderte sich sofort seine Haltung.

„Anatol, Micha! Da seid ihr ja. Der Boss sagte mir, dass ihr kommt!"

Der Bär sprach Russisch mit einem dicken Akzent. Die Männer begrüßten sich kurz, dann wandte sich der Türsteher zwei blutjungen, deutsch sprechenden Männern zu, die ebenfalls dem Eingang zustrebten.

Micha und Adam gingen weiter, ein schmaler Gang führte sie in ein schummriges Lokal. Die Einrichtung entsprach dem üblichen Klischee eines Nachtklubs, viel Rot, viel Glitzer, viel Polster. Sie blieben stehen, ihre Augen mussten sich erst an die neue Umgebung gewöhnen.

Einer der Männer hinter der Bar beobachtete ständig das Geschehen im Lokal. Er war eindeutig als der Boss erkennbar und hatte sie schon erspäht. Er sagte etwas zu einem Barkeeper, kam dann hinter der Theke hervor, umarmte und begrüßte Adam besonders herzlich, dann Micha, mit dem er offenbar weniger vertraut war. „Ein Drink?" – „Ja, natürlich", erwiderte Adam.

Der Mann rief einem Barkeeper eine Anweisung auf Tschechisch zu. Kurz darauf brachte der zwei volle Gläser. Der Boss musste sich gleich darauf wieder verabschieden, aber vorher sagte er noch zu Micha: „Adina wartet schon auf dich. Du weißt ja, und du?" Bei den letzten Worten wandte er sich an Adam.

„Eilt nicht, Oleg, später vielleicht“, entgegnete Adam und steckte sich eine Zigarette in den Mund, während Micha bereits mit einem breiten Grinsen im hinteren Teil des Lokals verschwand. Auch Oleg musste wieder hinter der Theke aushelfen.
Nach einiger Zeit setzte Adam sich an die Bar, beobachtete besonders die Frauen im Klub. Er war unschlüssig. Gelegentlich tauchte Oleg wieder bei ihm auf, sie wechselten einige Worte. Er freute sich offenbar, dass sie über Nacht blieben.
„Wart ihr nur in Deutschland?“, wollt er wissen.
Adam nickte.
„Und, zufrieden? Was habt ihr gemacht?“
„Bank“, entgegnete Adam knapp.
Oleg musste gehen, aber er kam nach einigen Minuten zurück.
„Bank?“, wiederholte Oleg und machte dabei mit Daumen und Zeigefinger das Zeichen des Geldzählens, „hat es sich rentiert?“
„Geht so“, schwächte Adam ab, „war ’ne kleine Bank auf dem Land. Ich geh kein Risiko mehr ein. Warte im Auto, wozu hab ich Micha dabei?“
Oleg verließ ihn kurz, kam aber gleich wieder.
„Hast du schon von den zwei deutschen Polizisten gehört?“
„Nein, was denn?“, log Adam.
„Hab im Radio gehört, zwei Polizisten wurden erschossen. Das heißt, einer lebt noch, aber wohl nicht mehr lang“, erläuterte Oleg.
„Prima!“
„Wieso?“

„Soll ich etwa mit ’nem deutschen Bullen Mitleid haben? Aber wer macht denn so einen Mist? Viel zu viel Aufsehen“, erklärte Adam.
„Das mein ich doch auch“, entgegnete Oleg, ehe er ihn wieder verließ.
Als Oleg nach einer Weile wiederkam, beugte sich Adam über die Theke, brachte seinen Mund nahe Olegs Ohr. „Sag mal, Oleg, ich hab momentan keine Knarre, ist in Deutschland. Kannst du mir eine besorgen?“
Oleg ließ seinen Blick durch den Raum schweifen, beobachtete das Geschehen im Raum, dann nickte er, blickte Adam prüfend an. „Heute noch? Wieso? Möchte aber keinen Ärger!“
„Nein“, beruhigte Adam, „das reicht morgen noch. Möchte nur nicht so durch die Landschaft fahren.“

Kapitel 6

Wenn Ella Pflaum von der Arbeit in der Schule nach Hause kam, dann freute sie sich zuerst auf ihren Sohn Edmund. Er war nun acht Jahre alt und so musterhaft, wie es sich eine Mutter nur wünschen konnte. Wie üblich löste Ella auch an diesem ereignisreichen Tag ihre Mutter ab. Kurz nach neun Uhr abends öffnete sie die Wohnungstür.

„Hallo Mama", rief Edmund und rannte ihr entgegen. Sie musste ihn erst herzen und sich seine Erlebnisse anhören, ehe sie ihre Mutter begrüßen konnte. Edmund sprach ein akzentfreies Deutsch, nur gelegentlich hörte man noch ein hartes, rollendes R.

„Alexander nicht hier?", fragte Ella ihre Mutter.

„Doch, er war hier. Ist vor ungefähr zwei Stunden wieder fort. Sagte wegen einer Arbeitsvermittlung", entgegnete Ellas Mutter. In der Familie war sie die Oma Irene. Ihr Deutsch war einwandfrei, lediglich die Aussprache ließ die Spätaussiedlerin erkennen.

„Ja, er ist deshalb so viel unterwegs."

„Hoffentlich ist er damit endlich zufrieden, er hatte doch in der Gießerei so einen sicheren Arbeitsplatz."

„Ich denke schon", beruhigte Ella ihre Mutter, „auf jeden Fall verdient er jetzt mehr Geld."

„Dann ist es ja gut, mein Kind."

Ella brachte nun ihren Jungen zu Bett. Sie setzte sich noch eine Weile zu ihm, gemeinsam hörten sie auf einer Kassette eine Gute-Nacht-Geschichte an. Als der Junge endlich schlief, stand sie leise auf, ging in die Küche, wo ihre Mutter für sie noch ein kleines Abendbrot bereitet hatte.

Die zwei Frauen unterhielten sich leise, natürlich auch über das Geschehen auf der Theresienwiese. Sie waren sich einig, der schockierende Vorfall würde bald aufgeklärt und war für sie nicht nachvollziehbar. Nicht in Deutschland.
Die Mutter hatte sich längst verabschiedet, Ella saß vor dem Fernseher, den Ton sehr leise gestellt. Sie döste, träumte ein wenig, als sich in der Wohnungstür langsam ein Schlüssel drehte. Sie schreckte hoch. Es war ihr Mann Alexander. Er lächelte entschuldigend.
„Habe ich dich erschreckt? Das tut mir leid", sagte er mit gedämpfter Stimme. Er sprach immer Russisch mit seiner Frau. Sie freute sich über die ungewohnte Zärtlichkeit, die in seiner Stimme mitschwang.
„Nöö, ich bin nur etwas eingeschlafen. Du bist spät heute", entgegnete sie, ebenfalls auf Russisch. Sie wollte seine freundliche Stimmung erhalten und sprach deshalb Russisch mit ihm. Nur manchmal bestand sie auf Deutsch.
„Ja, ich hatte noch einiges zu tun."
„So spät? Mit der Arbeitsvermittlung?" Zweifel klang in ihrer Stimme mit.
„Ja, ich war noch in Schwaigern."
„Doch nicht bei der Gießerei Hamann, wo du gearbeitet hast?", fragte Ella überrascht.
„Warum nicht? Die konnten mich gut leiden und waren mit mir zufrieden."
„Ja, das stimmt. Aber wieso so spät?"
„Hab da einen Moldawier kennengelernt. Er hat Papiere und sucht Arbeit. Ich weiß, Hamann sucht noch Leute für die Nachtschicht. Bin dann gleich hin."
„Und?"

„Marco, der Vorarbeiter, den kenne ich ja, der sagte, wir sollen morgen früh zum Chef gehen."
„Prima. Das hört sich schon mal gut an", stellte Ella anerkennend fest.
„Schon gegessen?", fügte sie hinzu.
„Ja, in Schwaigern."
Alexander nickte zufrieden, dann ging er in die Küche und kam mit einem Glas Wodka zurück, setzte sich neben Ella. Sie sprachen kurz über den Vorfall auf der Theresienwiese. Sie waren sich einig, so etwas in Deutschland? Nein, das hatten sie für unmöglich gehalten. Sie schüttelten gleichzeitig den Kopf, dann saßen sie schweigend nebeneinander auf der Couch, schauten eine Comedyserie an und Alexander nippte an seinem Glas, streichelte gelegentlich die Hand seiner Frau. Sie döste ein.
„Ein Polizist lebt noch, aber schwer verletzt", flüsterte Ella plötzlich, fast so, als spreche sie zu sich selbst. Dabei hielt sie die Augen geschlossen und konnte nicht das Erschrecken erkennen, das sich in Alexanders Gesicht für eine lange Sekunde ausbreitete.
„Was? Bei so einer Verletzung?"
„Ja, aber das wird der arme Junge kaum überleben, noch so jung", entgegnete Ella leise und drückte sich an ihren Mann. „Ja, sehr schrecklich, bestimmt eine schlimme Verletzung", stimmte ihr Alexander zu. Er beobachtete seine Frau, sah, wie sie regelmäßig atmete. Plötzlich hielt sie inne. „Wie lange warst du auf der Theresienwiese heute?", fragte Ella völlig unerwartet und öffnete die Augen. Alexander richtete sich abrupt auf. „Wie kommst du da drauf?"
„Herr Direktor Bachmeier hat dich gesehen."

„Ah so, ich meine, ich hab ihn auch gesehen. Und? Was hat er gesagt?“
Alexander bemühte sich um einen gleichgültigen Tonfall in der Stimme, während er seine Hand auf der ihren ruhen ließ.
„Er möchte dich wegen einer Autoreparatur sprechen. Er war wohl mit der letzten Arbeit in Eugens Werkstatt zufrieden.“
„Prima, ja, sag es ihm, das geht bestimmt wieder gut und schnell“, entgegnete Alexander nach einer kleinen Pause und lehnte sich wieder entspannt auf der Couch zurück.
Ella schwieg, die Augen halb geschlossen.
„Ich habe das Auto von Herrn Bachmeier von Weitem gesehen“, fuhr Alexander fort, „ich ging gerade über den Platz. Hatte ja bei den Schaustellern zwei Leute vermittelt. Schade, wäre ich etwas länger geblieben, ich hätte bestimmt die Mörder gesehen und könnte eine wichtige Zeugenaussage machen.“
„Vielleicht gut so, das wäre bestimmt zu gefährlich gewesen, wenn dich die Täter gesehen hätten“, wandte Ella ein. Sie hatte ihre Augen nun ganz geschlossen, suchte seine Hand und drückte sie, als wolle sie ihn vor jeder Gefahr fernhalten. Alexander musterte seine Frau, er war unsicher, dann lächelte er kaum merklich, nahm einen kräftigen Schluck. Ella atmete nun gleichmäßig an seiner Seite. Er spürte ihre warme, entspannte Hand unter seiner Rechten. Langsam glitten seine Finger auf ihren Oberschenkel, er kraulte sanft die Innenseite. Sie schien nun fest zu schlafen, trotzdem spreizte sie ihren linken Oberschenkel seinen Fingern entgegen. Er trank sein Glas leer, wollte

mehr trinken, aber er getraute sich nicht aufzustehen. Plötzlich ertönte Weinen aus dem Kinderzimmer. Ella fuhr hoch, schob sich von ihrem Mann weg, lauschte abwartend. „Was hat er nur?“, fragte sie unsicher.
Alexander schüttelte missmutig den Kopf, stand auf, ging in die Küche und füllte sein Glas. Er hörte Ellas Schritte. Als er zurückkam, war sie verschwunden. Nach einiger Zeit hörte er, wie sie offenbar sehr leise das Kinderzimmer verließ und in das gegenüberliegende Elternschlafzimmer ging.
Alexander ärgerte sich, dass Ella ihn alleine auf der Couch hatte sitzen lassen. Er zappte durch die Fernsehsendungen und blieb an einem Erotikfilm hängen. Irgendwann ging er wieder in die Küche, kam mit der halbvollen Flasche zurück und schenkte sich ein. In einer Werbepause nahm er sein Mobiltelefon zur Hand und tippte eine Nachricht ein. Nach wenigen Minuten kam die Antwort zurück. „Sind nahe Pilsen. Wie immer.“
Alexander lächelte zufrieden. Auch ohne Namen wusste er, wer es war und wo sie waren. Die Polizei musste es nicht wissen, sollte sie sie tatsächlich überwachen. Man konnte den Bullen ja nie trauen. Der Werbespot im Fernsehen war nun beendet.
Der Film setzte sich fort, so wie es sich ziemlich eindeutig angedeutet hatte. Das pudelnackte Paar steuerte wieder mal auf einen Höhepunkt zu. Alexander ließen die Bilder nicht ganz gleichgültig. Mit der einen Hand setzte er die Flasche an den Mund, während er sich mit der anderen in die Hose griff und sein erigiertes Glied streichelte. Er überlegte sich noch, ob er Natascha – das war ihr Künstler-

name – anrufen sollte. Sie wohnte gleich um die Ecke. Sie teilte ihre Wohnung mit einer Kollegin und beide gingen der Prostitution nach. Wenn der Film zu Ende ist, ruf ich sie an, nahm sich Alexander vor, gleichzeitig kämpfte er gegen den Schlaf.

Kapitel 7

Oberstudiendirektor Bachmeier öffnete die Tür zum Sekretariat. „Frau Dietz, sobald Sie einen Moment Zeit haben ... und bitte keine Anrufe!“ Bei der letzten Anweisung wandte er sich den beiden anderen Sekretärinnen zu. Frau Dietz nickte, stand auf, ergriff ihre Unterlagen und verließ ihren Arbeitsplatz. Ihre Kolleginnen – es waren Teilzeitkräfte – warfen sich einen vielsagenden Blick und ein süffisantes Lächeln zu. Seit Frau Dietz von der Kur zurück war, rief der Chef nur noch sie in sein Büro. So war es auch vor ihrem Kuraufenthalt schon gewesen.

Frau Dietz schloss sorgfältig die Tür hinter sich, zog einen Stuhl näher an den Schreibtisch und setzte sich erwartungsvoll.

„Gehen wir heute wieder zusammen essen, Sabine?“, fragte Oberstudiendirektor Bachmeier.

„Nein, bitte nicht schon wieder, Paul“, lehnte Frau Dietz ab. „Wir haben doch vereinbart, es ist vorbei. Ich habe wirklich ein schlechtes Gewissen wegen gestern, ich bedauere es.“

„So darfst du es nicht sehen, aber wenn du meinst“, entgegnete Paul Bachmeier enttäuscht, „dachte halt, nach all der Aufregung gestern. Man hat das Bedürfnis, einander nahe zu sein, darüber zu sprechen.“

„Ja, das geht mir ja auch so“, stimmte Sabine Dietz zu, „hast du noch etwas Verdächtiges auf der Theresienwiese mitbekommen? Du warst ja länger dort.“

„Nein, überhaupt nicht. Bin ja gleich nach dir weggefahren. Muss mal den Mann von Frau Pflaum fragen. Der war ja dort. Möchte sowieso wegen der Autoreparatur mit ihm sprechen."

„Ach ja, das stimmt ja. Ziemliche Delle. Tut mir leid, hatte ich dich abgelenkt?", fragte Sabine Dietz ein wenig reumütig.

Paul Bachmeier machte eine abwertende Handbewegung, zuckte die Schultern. Sabine Dietz war unsicher. Das konnte heißen, das war es wert oder auch einfach, das ist überhaupt nicht schlimm.

„Egal. Möchte nur nicht, dass es meine Frau sieht", fügte er hinzu, ohne jeglichen Zweifel in der Stimme.

„So etwas kann immer und überall passieren", stellte Sabine Dietz fest und fuhr fort: „Übrigens, wer gestern um die Mittagszeit auf der Theresienwiese war und etwas gesehen hat, soll sich melden. So die Polizei. Steht heute in der Zeitung."

Bachmeier blickte sie überrascht an. Der Gedanke war ihm offensichtlich noch nicht gekommen. „Mich melden? Ich habe nichts gesehen, und außerdem war ich bestimmt schon lange weg, als es passiert ist", erklärte er mit Nachdruck.

Sabine Dietz schwieg, kniff die Lippen zusammen und hob zweifelnd die Hände. „Möchtest du dich etwa melden?", fragte Bachmeier leicht irritiert. Offensichtlich gefielen ihm der Gedanke und ihr Schweigen gar nicht. „Die finden die Mörder sowieso schnell. Da bin ich überzeugt", fuhr er fort, nachdem Sabine Dietz weiterhin schwieg.

„Na ja, als ich aus deinem Auto stieg", erklärte sie, „da schaute ich mich besonders gründlich um. Musste ja nicht die ganze Welt sehen, dass wir zwei, hm ..., da sah ich da links von dem Verteilerhaus ein Auto und ein paar Leute, dachte noch, das sind keine Schüler mehr. Und der Mann von Frau Pflaum stand auch rum, ich weiß aber nicht, ob der zu denen gehörte."

„Da waren auch noch 'ne Menge anderer Leute", entgegnete Bachmeier, „auch ein Kleinlaster von einer Autowerkstatt. Aber stell dir vor, du oder ich sagen bei der Polizei aus! Alle erfahren, dass wir auf der Theresienwiese waren. Warum nur? Dein Mann erfährt es! Meine Frau!"

Sabine Dietz nickte leicht entmutigt mit dem Kopf. „Hast ja recht. Ich habe mich ja erst mit Ralf ausgesprochen und versöhnt, das würde alles wieder kaputt machen", stimmte sie zu, „die Polizei schnappt die Mörder auch ohne uns."

„Das meine ich doch auch", erwiderte Bachmeier im Brustton der Überzeugung, dann wandte er sich den Akten auf seinem Schreibtisch zu. Er zog ein Blatt Papier hervor.

„Noch etwas."

„Ja?" Bachmeier blickte sie fragend an.

„Kannst du deinem Mathias klarmachen, er soll mich nicht, na ja, du weißt schon", bat Sabine Dietz, offensichtlich etwas verlegen.

„Was? Der versucht es immer noch? Ich weiß, er himmelt dich an, der steht auf dich! Außerdem, es ist nicht mein Mathias."

„Ja, ich weiß, dein Stiefsohn. Aber als ich am Sonntag ohne Ralf im Reiterhof war, da hat er sich wieder um mich, sagen wir mal, zu sehr bemüht", erläuterte sie.

„Ich red mit ihm", versprach Paul Bachmeier mit Nachdruck, „aber du weißt, ich habe wenig Einfluss auf ihn. Bald dreißig und ein richtiges Muttersöhnchen. Der soll sich endlich eine Frau suchen! Gibt doch genug!"

„Hab ich ihm auch gesagt. Und dass zwischen uns zwei nichts, na ja, mehr ist. Das will er mir nicht glauben. Er meint, du wärst der Grund."
„Ich red noch mal mit ihm, natürlich wenn seine Mutter nicht dabei ist", beteuerte Bachmeier erneut. Sabine Dietz seufzte hörbar, schüttelte leicht frustriert den Kopf, blickte dann auf die Unterlagen in Bachmeiers Hand.
„So, und um was geht es hier?"
„Ach so, hier. Ich musste vorhin einen Unterrichtsbesuch bei der Frau Schmieder machen, da kannst du schon die Beurteilung schreiben. Mach es so etwa wie die hier. Ist 'ne alte Beurteilung von einer anderen Kollegin", erläuterte Bachmeier und schob Frau Dietz ein vollgetipptes Blatt hin.
„Ach die? Die Schmieder. Mein Neffe hat bei ihr Gemeinschaftskunde", erwiderte Sabine Dietz auffallend langsam. Ihre Stimme klang abwertend.
„Ich habe noch nie Klagen über sie gehört. Und außerdem ist sie Jahr für Jahr Vertrauenslehrerin." Für Direktor Bachmeier schien die Lehrerin dadurch die Qualifikation für eine gute Benotung zu erfüllen.
„Klagen? Über sie? Natürlich nicht. Die gibt doch nur gute Noten und redet mehr über ihren Sohn als den Unterrichtsstoff."
„Ich bitte dich, solange sie es verantworten kann", tadelte Bachmeier.
„Entschuldigung, geht mich ja nichts an", machte Sabine Dietz schnell einen Rückzieher, musterte dann sorgfältig das Blatt.
„Also sehr gut?", vergewisserte sie sich.
„Ja, sehr gut. Aber bei der Begründung mach halt ein paar

Änderungen. Diese Beurteilung hier ist von der Frau Groß, schon zwei Jahre alt, das merken die auf dem Oberschulamt bestimmt nicht. Schreib auf jeden Fall, sie sei lebhaft und freundlich, beliebte Lehrerin, und so weiter."
„Ja, und redet immer im badischen Dialekt", fügte Sabine Dietz todernst hinzu.
Bachmeier blickte sie prüfend an, dann verstand er, es war ein Scherz und er lächelte, zuckte mit den Schultern, was wohl Zustimmung ausdrückte.
„Und noch etwas", fügte er hinzu, „du hast doch noch die Nummer von dem Pflaum? Ruf ihn mal an! Die Reparatur sollte schnell und unauffällig gemacht werden."
„Mach ich. Ich weiß, deine Frau. Sobald ich im Sekretariat alleine bin", entgegnete Sabine Dietz und tätschelte Bachmeier zärtlich die Wange, der diese Geste sichtlich genoss.
„Ich komme erst gegen drei von der Mittagspause zurück, muss auf der Bank einiges erledigen", erläuterte er nach einer kleinen Pause.
„In Ordnung", nickte Frau Dietz, „da fällt mir noch etwas ein, die Polizei hat angerufen, die Aufklärung wegen der Nazischmierereien muss ruhen. Die brauchen jeden Mann für die Ermittlungen."
„Das kann ich mir denken", entgegnete Bachmeier, „aber jetzt war es mit den Nazischmierereien schon in der Zeitung, da müssen wir auch die Täter finden!"
„Schade, schade, hoffentlich haben wir nicht gleich den Ruf weg, eine rechtsradikale Schule zu sein", bedauerte Sabine Dietz.
„Ja, das möchte ich auch nicht. Aber wir machen wieder eine Veranstaltung gegen Ausländerfeindlichkeit und so",

beruhigte Paul Bachmeier. Seine Sekretärin stand auf, formte die Lippen zu einem Küsschen und verließ den Raum. Bachmeiers Augen ruhten auf ihrem wohlgeformten Po. Der enge Rock tat ein Übriges. Er hätte sie gerne noch etwas in seiner Nähe gehabt.

Kapitel 8

Wir hatten in dem Bus an den Grenzen überhaupt keine Probleme. Aber es schien mir, dass auf der deutschen Seite besonders die Pkws gründlicher als normalerweise kontrolliert wurden. Irgendwann in einer Pause erzählte der Busfahrer etwas davon, dass in Deutschland zwei Polizisten erschossen worden waren. Monica fand das furchtbar wichtig und schlimm und meinte, das bekommen wir zu spüren, dann geht die deutsche Polizei härter gegenüber Ausländern vor. Aber ich ging gar nicht groß darauf ein. Sagte nur, dass Polizisten erschossen werden, das komme doch bei uns auch oft genug vor und niemand rege sich groß auf. Und wie viele Leute werden erst bei uns von Polizisten erschossen? Monica stimmte mir zu und meinte, meist wären die deutschen Polizisten ganz harmlos, wollten halt keine Nazis sein. Sind Schlappschwänze, entgegnete ich.
Als wir in Timisoara ankamen war es Nachmittag, aber noch richtig heiß. Ich wollte mich gerade von Monica verabschieden, da fragte sie mich plötzlich: „Was hast du denn eigentlich in der Plastiktüte?“ Ich war verblüfft.
„Plastiktüte? Die hier? Küchengeräte für meine Mutter“, entgegnete ich ganz selbstverständlich. Auf die Schnelle fiel mir nichts Besseres ein.
„Ach so“, sagte Monica und nickte verständnisvoll, „daher. Für deine Mutter. Hatte den Eindruck, dass dir die Tüte sehr wichtig war.“
„Ja, klar doch. Meine Mutter erwartet halt ein Mitbringsel aus Deutschland.“
„Geht mir auch so.“

Monica nickte anerkennend, aber ich war für einen Augenblick unsicher. War sie misstrauisch geworden? Außerdem durfte meine Mutter diese Art Mitbringsel bestimmt nicht zu Gesicht bekommen. Wir verabschiedeten uns ganz herzlich voneinander und ich verließ den Bus.
Die Taxis warteten auf der gegenüberliegenden Straßenseite. Ich hätte mir natürlich sofort eines leisten können. Aber eine angebliche Erntehelferin, die so viel Geld ausgibt? Da waren schließlich immer Leute, die mich kannten. Nur kein Misstrauen wecken. Die wissen, ich bin keine, die mit Männern Geld verdienen kann. Da müsste ich zuerst verhungern und meine Kinder und Mutter mit mir.
Ich musterte die Fahrer aus sicherer Entfernung, wollte nicht ihr Interesse erwecken. Ich hielt nach Albin Ausschau, er stammt ja aus meinem Dorf. Er war nicht da, vielleicht war er gerade unterwegs. Also machte ich mich auf den Weg. Ich hoffte, ich könnte auf dem Weg in unser Dorf jemand finden, der mich mitnahm. Die Plastiktüte kam mir plötzlich unheimlich schwer vor, als ich zur nächsten Bushaltestelle ging. Ich aß eine Wurst und trank eine Cola an einem nahen Stand, bald darauf kam auch schon der Bus, der mich bis zur Endstation am Stadtrand brachte. Von dort musste ich zu Fuß weitergehen.
Als ich die letzten Häuser der Stadt hinter mir hatte und niemand mehr in meiner Nähe war, ging ich hinter ein Gebüsch. Ich holte eines der Bündel aus der Plastiktüte, wickelte eine Pistole aus und spürte sie erstmals richtig in meiner Hand. Sie war nicht mehr ganz neu, aber gepflegt und geladen und roch etwas nach Öl. Ich schloss und öffnete die Finger um den Holzgriff. Es war ein angenehmes

Gefühl. Die war wie geschaffen für mich, die würde ich nicht verscherbeln, nahm ich mir vor. Ich holte meine Windjacke aus dem Rucksack und steckte die Waffe in die Innentasche.

Auf dem Weg in unser Dorf wurde ich ein paarmal von Radfahrern überholt, aber es war niemand, den ich kannte. Einmal fuhr auch ein vollbesetztes Auto an mir vorbei. Dann, nach ungefähr einer Viertelstunde, tauchte hinter mir ein Pferdefuhrwerk auf. Ich war müde und wartete am Straßenrand. Tatsächlich hielt der Mann an und fragte, ob ich mitfahren wolle. Natürlich sagte ich sofort zu und setzte mich neben ihn. Wir kamen ins Gespräch.

Er mochte so ungefähr fünfzig sein, hieß Petr und bewirtschaftete nahe unserem Dorf einen kleinen Hof. Er war verwitwet, seine drei Kinder alle irgendwo im Westen, und er kannte tatsächlich auch meine Mutter. Das mit meiner Mutter sagte er gerade noch rechtzeitig. Ich hatte ihm nämlich gesagt, ich wäre zur Spargelernte nach Deutschland gegangen. Wollte schon sagen, meine Mutter sei schwer erkrankt, deshalb die überstürzte Heimkehr. So sagte ich halt, eines der Kinder hatte einen Unfall, war mit dem Fahrrad unterwegs, gestürzt, musste ins Krankenhaus, man weiß noch nicht wie lange, Gehirnerschütterung, Arm gebrochen und so. Dass ich keinen Mann mehr hatte, das hatte er irgendwie während der Unterhaltung mitbekommen.

Ungefähr zwei Kilometer vor unserem Dorf hielt er an einem Feldweg an, sagte, er müsse nun abbiegen. Er druckste etwas herum, dann sagte, er, da es ja mit meinem Kind nicht mehr so dringend wäre, ob ich nicht noch ein wenig Zeit hätte, wir könnten zusammen etwas essen oder so. Er

würde mich bestimmt heute Abend noch nach Hause fahren. Ich war natürlich nicht so blöd, dass ich nicht merkte, was er meinte, überhaupt mit diesem „oder so". Aber ich muss sagen, die meisten Männer, die ich kennengelernt habe, waren da viel direkter und aufdringlicher. Manche sogar so, als ob ich froh sein müsste. Ich sagte ihm zu.
Nach ungefähr fünfhundert Metern, unmittelbar nach einem kleinen Wäldchen, waren wir an Petrs Gehöft. Es war nicht gerade groß. Er ließ mich absteigen und fuhr dann hinter das Haus, um die Pferde und das Vieh zu versorgen. Ich legte mich vor dem Haus ins Gras. Da war auch eine Bank mit einem Tisch unter einem Nussbaum. Einmal ging ich in das Haus, holte mir ein Glas Wasser, schaute mich dabei in den Räumen um. Es sah alles sehr ärmlich aus, nur ein paar Gegenstände aus Deutschland. Ich dachte, seine Kinder im Westen hätten ihn auch mehr unterstützen können.
Nach einiger Zeit tauchte Petr wieder auf. Er hatte eine halbvolle Flasche Schnaps, eine Karaffe Wasser und zwei Gläser in den Händen. Er stellte sie auf den wackeligen Tisch vor der Bank. Petr füllte die Gläser und wir prosteten uns zu. Der Schnaps tat gut, ich spürte dieses wohlige Gefühl. Ich lehnte mich zurück und beobachtete aus halb geschlossenen Augen die Schatten, die langsam länger wurden, aber es war immer noch angenehm warm.
Später ging Petr erneut ins Haus, kam mit Salamibroten und süßen Zwiebeln wieder. Während er aß, erzählte mir Petr von sich. Er sagte, dass ihm morgen seine Schwester helfen werde und überhaupt, wie sehr ihm auch eine richtige Frau fehle. Das mit der Frau merkte ich sehr schnell, schon nach dem zweiten Glas. Wir hatten uns in das Gras

gesetzt. Irgendwann sagte er nichts mehr und seine Hand tastete sich zu mir herüber, er fing an, meine Hand, dann meinen Bauch zu streicheln. Ich ließ es geschehen. Es gefiel mir auch, nur als er das, was er für meinen Busen hielt, berühren wollte, da ergriff ich schnell seine Hand, drückte sie langsam nach unten, zwischen meine gespreizten Beine. Einen Moment hielt er inne, er war wohl überrascht, dann nahm er die Aufforderung an. Ich schloss die Augen, spürte den Druck seiner Hand, spürte, wie er seine Finger vorsichtig bewegte, mich liebkoste. Ich empfand es wunderbar, ließ es geschehen, stöhnte gelegentlich vor Lust. Als er dann versuchte, den Gürtel an meiner Jeans zu öffnen, stellte er sich furchtbar ungeschickt an, verhedderte sich, sodass ich plötzlich aufstand.

„Geh, hol eine Decke“, forderte ich ihn auf. Er begriff sofort und verschwand im Haus. Ich zog meine Jacke aus, rollte sie zusammen und legte sie sorgfältig auf den Boden. Als Petr mit einer Decke in den Händen wieder zurückkam, hatte ich erst Schuhe und Strümpfe ausgezogen und streifte gerade meine Jeans und den Slip nach unten. Er starrte mich staunend an, breitete dann hastig die Decke auf dem Gras aus und ich legte mich einfach darauf, Beine breit und die Augen geschlossen.

Wir hatten einen wunderbaren Sex. Petr war wild, ungestüm, roch nach Schweiß und Pferden und ging richtig zur Sache, bis er plötzlich explodierte. Es erinnerte mich an meinen ersten richtigen Freund. Nicht mein erster Sex, das war praktisch eine Vergewaltigung durch einen Onkel. Mein erster Freund war ein Bauernsohn aus einem Nachbarort. Wir machten es zum ersten Mal im Stall auf einem

Haufen Stroh, unmittelbar neben den Pferden. Wir machten es dort immer wieder, wenn schlechtes Wetter herrschte und wir es nicht im Freien machen konnten. Aber nach einigen Monaten heiratete er plötzlich eine andere. Sie war natürlich im Gegensatz zu mir richtig hübsch.

Ich vermute mal für Petr war es genauso wie für mich der erste Sex nach einer langen Durststrecke. Adam hatte sich ja im deutschen Knast mit Aids angesteckt. Als ich das mitbekam, da war er bei mir zunächst mal unten durch. Außerdem möchte ich es nicht mit Gummi machen. Aber was Adam betrifft, machen wir trotzdem immer wieder mal einige Dinge zusammen. Und ich rechne ihm hoch an, dass er mir das mit dem Aids sagte und mich nicht anstecken wollte. Andere Männer, mit denen wir was unternahmen, ließ ich nicht an mich heran. Wollte da keine Eifersüchteleien.

Nachdem Petr gekommen war, blieb er noch kurz auf mir liegen, atmete schwer, bis er sich endlich auf die Seite rollte. Wir blinzelten uns kurz an, lächelten, und erholten uns langsam. Nach einer Zeit sagte ich zu ihm:

„Hast 'ne Zigarette für mich?“

„Ja, Moment.“

Er setzte sich auf, suchte in seinen Taschen, kramte eine Schachtel und Feuerzeug hervor. Er reichte mir eine Zigarette und Feuer, dann rauchte er selbst eine. Ich legte mich zurück auf den Teppich, zog den Rauch ein und dachte an nichts. Das heißt, nach einer Weile dachte ich, dass ich unbedingt noch eine zweite Nummer wollte. Musste sehen, dass ich Petr so weit brachte, so jung war er ja auch nicht mehr. Aber es ging nicht ganz nach Plan.

„Was ist das denn?", hörte ich ihn plötzlich sagen. Ich wandte mich ihm zu. Er hockte auf dem Boden, die Hose immer noch unter den Knien und hielt meine Pistole in der Hand. Ich erschrak.

„Wie kommst du dazu?"

„So halt. Ich setzte mich versehentlich auf deine Jacke, da spürte ich etwas."

Ich hatte mich wieder gefasst. Seine Stimme klang unverdächtig, nur etwas überrascht.

„Steck sie wieder in die Jacke. Ich erzähl es dir später. Komm her!", sagte ich. Petr folgte meiner Anweisung, aber ich konnte sehen, wie er sich über die Waffe immer noch wunderte. Er setzte sich neben mich. Ich streichelte seinen nackten Oberschenkel.

„Warst du in Deutschland wirklich eine Erntehelferin?", fragte er nach einer Weile.

„Natürlich", entgegnete ich und meine Hand bewegte sich etwas höher. Er legte sich zurück, lag ruhig da, vielleicht verwundert, vielleicht erwartend. Ich ließ ihn nicht lange auf meine Hand, meine Finger warten, ich kraulte ihn da, wo es Männer gerne haben.

„Wenn du wirklich eine Erntehelferin bist, dann kannst du doch genauso gut bei mir bleiben. Aber vielleicht bist du, ich weiß nicht", sagte er nach einiger Zeit. Idiot, dachte ich, werde mir bloß nicht gefährlich.

„Bist du gerne mit mir zusammen?", fragte ich scheinheilig, obwohl ich die Antwort wusste. Aber ich wollte ihn endlich ablenken.

„Ja."

„Es war herrlich mit dir", sagte ich wahrheitsgemäß und

meine Finger liebkosten ihn. Aber es nützte nicht viel. Ich konnte sehen, dass er über etwas angestrengt nachdachte.
„Ja, es war herrlich. Wir könnten zusammenbleiben", erwiderte er endlich leise. Da war ich doch überrascht. Angenehm überrascht, dachte ich doch, der denkt immer noch darüber nach, mit was ich im Westen wohl mein Geld verdient hatte.
„Ja, vielleicht", stimmte ich ihm zu. Dann lagen wir einfach nebeneinander. Ich spürte endlich, langsam tat sich etwas bei ihm. Kurze Zeit später hatten wir wieder Sex, richtig lang und ausgiebig.
Ich trank ein Glas Wasser, rauchte meine zweite Zigarette, und plötzlich hatte Petr wieder die Pistole in der Hand, beäugte sie von allen Seiten. „Die ist ja geladen!", stellte er halb erschrocken, halb staunend fest.
„Petr, leg sie zurück", befahl ich ihm. Er tat es widerwillig.
„Zu was brauchst du so ein Ding?", wollte er wissen.
„Zu meiner Sicherheit. Bin schließlich eine Frau ohne einen Mann", entgegnete ich.
„Glaub ich dir nicht", erwiderte er bockig, „ich bring dich nachher nach Hause und hole dich morgen wieder ab. Wir können doch gut zusammenbleiben? Egal, was du im Westen gemacht hast. Bei mir bist du sicher und ich sorge für dich."
„Dazu brauche ich keinen Mann!", wies ich ihn zurecht.
„Hast du schon mal jemand umgebracht? Mir kannst du es ja sagen", bohrte er weiter.
Ich fühlte mich langsam genervt. „Nein! Red keinen Stuss! Reiz mich nicht!", warnte ich ihn.

„Möchte ich nicht. Ich mag dich wirklich. Bleib bei mir!“, bettelte er.

Seine Hartnäckigkeit ärgerte mich. Er konnte ein Risiko werden. Ich hatte die zweite Nummer mit ihm und die war wirklich schön, mehr wollte ich nicht von ihm. Vielleicht ein anderes Mal.

„Weißt du was?“, sagte er plötzlich und stand auf, „ich bringe die Pistole ins Haus. Du erhältst sie morgen wieder, ich hole dich am Nachmittag ab. Ich kümmere mich auch um deine Kinder und deine Mutter.“

Er stand tatsächlich auf, ging mit der Pistole ins Haus. Da war für mich endgültig klar, was ich zu tun hatte. Kurze Zeit später kam Petr ohne die Pistole zurück. Als er im Türrahmen stand, blickte er mich erschrocken an: „Was, du hast eine Zweite?“ Ich sagte kein Wort und drückte ab. Die Wucht des Schusses warf ihn in das Haus zurück. Nur noch seine Füße waren zu sehen. Ich wartete einen Augenblick, lauschte dem sterbenden Echo des Schusses, prüfte die Umgebung. Nichts. Ich war allein. Dann stand ich auf, ging zu ihm hin. Vor seinen Füßen blieb ich stehen, musterte ihn. Er musste tot sein. Ich bemerkte eine große Blutlache, die sich schnell ausbreitete. Sie versperrte mir den Weg ins Haus, denn da wollte ich nicht reintreten. Ich ging zu einem der Fenster an der Vorderseite, drückte es mit einem Stück Holz auf und gelangte so in die Küche. Die andere Pistole fand ich im Schlafzimmer.

Ich verließ das Haus wieder so wie ich es betreten hatte. Dann versuchte ich die Spuren meiner Anwesenheit so gründlich wie möglich zu vernichten. Selbst die Decke, auf der wir es gemacht hatten, zündete ich mit alten Zeitungen an. Ich warf auch das Stück Holz, das ich als Fensteröffner benutzt hatte, in das Feuer. Genauso das von mir benutzte Glas und ich sammelte auch meine Kippen ein. Anschließend verließ ich das Anwesen und ging auf einem Schleichpfad nach Hause. Niemand begegnete mir.

Kapitel 9

Als Alexander am Freitagmorgen aufwachte, war das Bett neben ihm leer. Das war nicht ungewöhnlich. Seit er nicht mehr in der Gießerei Hamann arbeitete, stand er immer nach Ella auf. Er lag noch im Bett, und sie kümmerte sich schon um den kleinen Edmund, brachte ihn dann zur Schule. Nach ihrer Rückkehr konnte es sein, dass sie gemeinsam frühstückten, vorausgesetzt, er war dann auf. Aber irgendwie war es diesmal anders.

Er wollte noch nicht aufstehen. Er musste erst seine Gedanken ordnen. Wie war das doch wieder mit dem Anschlag auf die Polizisten? Adam und Micha hatten geschossen und er war dabei gewesen. Die ersten kritischen Minuten und Stunden danach hatten sie gut überstanden, denn die Polizei hatte offenbar keine heiße Spur. Aber einer der Polizisten war nicht tot, nur schwer verletzt, so die Nachrichten gestern. Kaum zu glauben. Aber was, wenn der Verletzte später etwas über die Täter berichten konnte? Er hoffte immer noch, der Polizist würde nicht überleben. Und dann war er sich nicht sicher über Herrn Bachmeier. Was hatte er tatsächlich gesehen? Würde er mit der Polizei sprechen? Es beunruhigte ihn. Ein Verhör zu überstehen war risikoreich und nicht einfach. Die Aussage verweigern ging schlecht. Ella und ihre Mutter hätten dafür kein Verständnis, konnten es als Schuldgeständnis ausgelegen. Mist, dachte er. Endlich stand er auf, ging ins Badezimmer.

„Du bist spät ins Bett gekommen“, sagte Ella leicht vorwurfsvoll, als er sich an den gedeckten Tisch setzte.

„Ja, da war noch so ein spannender Kriminalfilm.“

„Ach so, deshalb. Hast du ihn gut verstanden?“, wollte Ella wissen.
„Ja, das Wichtigste schon“, entgegnete Alexander einsilbig. Dabei überlegte er sich die wahrscheinliche Uhrzeit, als er ins Bett gegangen war.
„Hast du eine Zeitung?“, fragte er plötzlich.
Ella blickte ihn überrascht an. „Nein, aber wir können eine kaufen. Wegen dem Mord?“
„Nicht unbedingt, aber das auch“, entgegnete er nicht ganz wahrheitsgemäß, „mehr wegen der offenen Stellen.“
Ella nickte verständnisvoll. „Ich geh gleich einkaufen. Fahr zuerst zu Mutti und bring dir dann eine Zeitung mit. Die ‚Heilbronner Stimme'?“ Alexander nickte. Kurze Zeit später verließ Ella das Haus. Alexander holte sein Handy hervor.
Etwa zwei Stunden später kam Ella nach Hause, voll bepackt. Alexander war nicht mehr da. Sie war es gewohnt. Nach seinen Aussagen war er immer irgendwo unterwegs, um Arbeit suchende Osteuropäer an irgendwelche Firmen zu vermitteln. Wenn Ella das Auto benötigte, dann konnte er sich gelegentlich einen Wagen von seinem Freund Eugen, der die Kfz-Werkstätte betrieb, borgen. Manchmal half er ihm auch in der Werkstatt. Er erzählte ihr dann später von einem Gebrauchtwagen, den sie günstig gekauft, hergerichtet und dann mit einem Profit verkauft hatten. Die Kunden waren meist Osteuropäer oder – wie er gern erwähnte – Deutsche, die keine Ahnung von Autos hatten.
Nachdem Ella die Lebensmittel verstaut hatte, breitete sie die Zeitung auf dem Küchentisch aus und las den Bericht über den Polizistenmord. Soweit sie es verstehen konnte, war die Polizei recht zuversichtlich, obwohl sie noch keine

bestimmte Person verdächtigte. Weiterhin suchte die Polizei mögliche Zeugen.
Ellas Mutter kam hinzu, die mit der deutschen Sprache aufgewachsen war. Sie las ebenfalls den Bericht. „Ja, Kind, die Polizei sucht noch“, bestätigte sie, „aber es heißt, sie haben viele Spuren, aber noch keine heiße. Die werden die Mörder bestimmt fangen.“
Die Frauen unterhielten sich noch über den Fall, dann war es Zeit für die Tochter, ihren Sohn von der Schule abzuholen. In der Zwischenzeit bereitete die Mutter das Essen vor. Die kleine Familie hatte das Mittagessen beendet, als Alexander nach Hause kam. Da lag wieder die Zeitung auf dem Tisch. Alexander musterte erneut den Bericht über den Anschlag auf die Polizisten.
„Hast du den Artikel gelesen, Oma Irene?“, fragte er. Er versuchte seiner Stimme einen gleichgültigen Tonfall zu geben.
„Ja. Die Polizei sucht noch“, entgegnete Ellas Mutter, „sie sucht Zeugen. Es gibt auch eine Belohnung.“
„Wie viel?“
„15000 Euro. Ist das nicht viel Geld?“
Alexander nickte anerkennend mit dem Kopf. „Doch, sehr viel.“
„Überlege es dir! Du warst doch dort, sag der Polizei, was du gesehen hast!“, forderte ihn Oma Irene auf.
Alexander schüttelte bedauernd den Kopf. „Ich wünschte, ich könnte etwas sagen, aber ich ging vielleicht zehn Minuten zu früh. Außerdem, die deutsche Polizei kann Russen nicht leiden. Die glauben mir nicht. Da waren so viele Leute auf der Theresienwiese, doch ich kann mich nur an

die Schausteller erinnern, mit denen ich gesprochen habe."
„Das ist aber schade, mein Junge. So viel Geld!" Ellas Mutter war das Bedauern ins Gesicht geschrieben, dann beugte sie sich erneut über den Zeitungsbericht. Alexander wechselte behutsam das Thema.
„Wie geht es denn dem verletzten Polizisten?"
„Er schwebt immer noch in Lebensgefahr. Er ist bewusstlos."
„Hoffentlich wird er wieder gesund", heuchelte Alexander und schüttelte angeblich bedauernd den Kopf. „In welchem Krankenhaus ist er denn? Hoffentlich wird er bewacht, man weiß ja nie."
„Diese Verbrecher sind schon längst über alle Berge! Aber es heißt hier, dass der Polizist bewacht wird", erläuterte Irene.
Alexander nickte zustimmend, während er an das genaue Gegenteil dachte. Wie könnte man den Polizisten endgültig töten? Zugleich gestand sich Alexander ein, ihm wäre das Risiko sowieso zu hoch. Er hatte genug Erfahrung, jetzt galt es einfach, die Nerven zu behalten und sich unauffällig zu benehmen. Dreht die Polizei einen erst mal durch ein Verhör, dann verspricht man sich leicht mal, erweckt Misstrauen. Aber nicht mit mir, nahm sich Alexander vor.
Kurz vor vier Uhr brachte Alexander seine Frau mit dem Auto zur Heilbronner Zentrale der Reinigungsfirma. Die Frauen fuhren, da es sich um eine größere Entfernung handelte, zusammen mit einem Firmenwagen zu ihrem Einsatzort. Heute war es das Bürogebäude der Firma Hamann in Schwaigern, Gießerei und Metallgroßhandel. Das war ein Auftrag, den sich Alexander zugute halten konnte. Als

er noch dort arbeitete, hatte er einen Vorarbeiter, einen Landsmann, überzeugen können, es mit Ellas Arbeitgeber zu versuchen, nachdem es mit dem bisherigen Reinigungspersonal Unregelmäßigkeiten gegeben hatte. Der Vorarbeiter wiederum hatte bei der Seniorchefin ein offenes Ohr gefunden. Als Nebeneffekt erntete Alexander die Bewunderung seiner Frau und seiner Schwiegermutter.

Ellas Arbeit endete um neun Uhr abends und Alexander hatte seiner Frau zugesagt, sie mit dem eigenen Auto abzuholen. Er habe in der Nähe zu tun, treffe sich mit zwei arbeitslosen Landsleuten, denen er möglicherweise eine Arbeit vermitteln könne, erläuterte er ihr auf dem Weg zur Arbeit. Ella freute sich über kleine Aufmerksamkeiten, mit denen Alexander sie manchmal überraschte, und sie erwähnte sie auch gerne gegenüber ihren Kolleginnen. Für ihre Kollegin Susanne war das dann immer ein Grund, sich über ihren gleichgültigen, stoffeligen Ehemann zu beklagen. „Ich weiß nicht, warum ich mit dem noch zusammen bin", klagte sie manchmal. Und dick schwäbelnd konnte sie gelegentlich noch hinzufügen: „Ond a Bayernfan isch er au!" Susanne stammte aus dem Großraum Stuttgart und war, so behauptete sie, wie ihre ganze Familie ein eingefleischter VfB-Fan. Etwa eine halbe Stunde vor einundzwanzig Uhr tauchte Alexander vor dem Firmengelände auf, hielt aber nicht vor dem Haupteingang. Ohne Zögern fuhr er hinter das Fabrikgebäude, wo die Ware angeliefert und abgeholt wurde. Er parkte unmittelbar neben dem Gebäude, kurz vor dem Zaun, der das Gelände eingrenzte. Alexander verließ sein Fahrzeug. Sofort löste sich aus der Dunkelheit auf der anderen Seite des Zauns ein Mann, tauschte mit

Alexander einige Worte in Deutsch, dann ging er direkt auf das Gebäude zu.
Augenblicklich sprang ein Licht an und der Platz war hell erleuchtet, aber nicht die Stelle, an der Alexander geparkt hatte. Der Mann auf der anderen Zaunseite fühlte sich offenbar sicher, er schleppte einige Stapel mit dünnen Blechen heran, schob sie einzeln durch die Metallstäbe des Zauns und Alexander verstaute sie in dem Kofferraum seines Autos. Dies wiederholte sich noch einmal, dann war der nächtliche Spuk vorbei.
„Du bist aber pünktlich, lieb von dir", begrüßte Ella ihren Mann, als sie kurz nach einundzwanzig Uhr zu ihm in das Auto stieg. Alexander hatte gegenüber dem Haupteingang geparkt und zwischenzeitlich schon die zweite Zigarette angezündet.
„Mach ich doch gerne", erwiderte Alexander und überlegte sich, wie er die Ware im Kofferraum schnellstmöglich an den Bestimmungsort bringen konnte.
„Möchtest du fahren?", fragte er seine Frau.
„Ach nein, fahr ruhig du! Sonst müssen wir nur wieder die Plätze tauschen. Ich bin auch müde", wehrte Ella ab.
Alexander fiel kein Argument mehr ein, sie zum Fahren zu bewegen, zugleich hoffte er, dass auf der Strecke Schwaigern – Heilbronn nicht schon wieder eine Polizeikontrolle stattfand. Vor einigen Wochen war dies der Fall gewesen. Er wurde kontrolliert, nachdem er auf die erste Frage antwortete und die Polizisten sein miserables Deutsch hörten. Dem Autofahrer nach ihm, einem schwarzhaarigen Typen mit einem gewaltigen Schnurrbart, vermutlich Südeuropäer, erging es auch nicht besser. Sie mussten beide den Koffer-

raum ihrer Fahrzeuge öffnen und die Beamten leuchteten den Innenraum aus. Alexander verdächtigte die Polizisten, dass es damit zu tun hatte, weil er Ausländer war. Er hatte auch genau beobachtet, wie die Polizisten andere Fahrer, offensichtlich Deutsche, einfach ohne zu kontrollieren zum Weiterfahren aufforderten. Über diese und ähnliche Vorgänge stritt er sich immer wieder mit seiner Schwiegermutter, weil er sich darüber ärgerte, wie sie ständig die deutschen Behörden und die Polizei in Schutz nahm. „Die deutschen Bullen hassen Ausländer!", schrie er ihr dann wütend ins Gesicht. „Nein, das stimmt nicht. Viele Ausländer wollen uns Deutsche nur bestehlen!", setzte ihm Oma Irene entgegen. Er beharrte darauf: „Viele der Deutschen sind immer noch Faschisten! Die wollen doch nur, dass wir ihren Dreck machen und nicht viel bezahlen!" Meist war es Ella, die diesen Diskussionen ein Ende bereitete.

Die weitere Fahrt nach Heilbronn verlief problemlos. Alexander fuhr bewusst gemächlich, dabei dachte er an zwei Dinge. Zuerst an die häufigen Geschwindigkeitskontrollen und dann, wie er Ella klar machen konnte, dass er noch kurz mit dem Auto weg wollte. Ein Blick auf die Armaturen gab ihm die Idee.

„Du fährst aber langsam heute, Alex, bin ich gar nicht von dir gewohnt", sagte Ella leicht schläfrig, aber mit einem gewissen Lob in der Stimme. Sie hatte ihren Kopf an seine Schulter gelehnt.

„Ja, ich muss auf den Verbrauch achten, wir haben nicht mehr viel Benzin."

Ella schrak auf. „Was? Jetzt schon wieder? Aber nicht schlimm, ich weiß, da vorne kommt eine Tankstelle."

„So dringend ist es auch wieder nicht“, beruhigte er sie, „und du weißt, ich gehe immer zur gleichen Tankstelle. Gleich nachher, geht schnell.“
„Was hast du denn an deinem Finger?“, fragte Ella plötzlich unerwartet.
Alexander blickte auf seinen rechten Zeigefinger, jetzt erst bemerkte er eine verkrustete Schramme.
„Weiß nicht.“
„Muss ich dir nachher desinfizieren und verpflastern.“
„Ja, muss nur zuerst tanken“, stimmte Alexander zu.
„Hat doch morgen früh noch Zeit“, entgegnete Ella und gähnte. Sie kämpfte schon wieder gegen den Schlaf an.
Als sie vor dem Haus mit ihrer Wohnung hielten, döste Ella fest und wachte nicht auf. Sie hatte sich an ihn gelehnt. Alexander blickte zu ihrem schwach erleuchteten Wohnzimmer hoch. Vermutlich saß dort Irene, schaute fern und würde gleich nach ihrem Eintreten die Wohnung verlassen und zu ihrem Zuhause, es war nur eine Straße weiter, gehen. Und der kleine Edmund schlief normalerweise um diese Zeit schon.
Alexander musterte seine schlafende Frau. Er roch Ellas Haar und ein wenig die Reinigungsmittel von ihrer Arbeit. Er lehnte sich zurück, überlegte, was er tun sollte. Dann spürte er ihre Hand, die auf seinem Oberschenkel lag und schaltete den Motor aus. Er würde das Auto gleich in der Frühe wegfahren und dann den Kofferraum entladen. Plötzlich hatte er ein gutes Gefühl. Der Abend war so problemlos verlaufen.

Kapitel 10

Adam blickte auf seine Uhr. Er war die einzige Person in der Bar und trank bereits die dritte Tasse Kaffee. Die Fenster in dem Lokal waren weit geöffnet. Er genoss diese Mischung von frischer Luft und dem Duft von geschäumtem Kaffee. Es war kurz vor elf Uhr, als Micha erschien. Er strahlte über das ganze Gesicht, hielt Händchen mit Adina, die er Adam wie eine Trophäe präsentierte. Adina reichte Adam die Hand, sie wirkte etwas unsicher, denn sie hatten sich zuvor nur flüchtig getroffen.

„Oleg ist damit einverstanden", erklärte ein glücklicher Micha.

„Das dacht ich mir, aber so", entgegnete Adam, dabei machte er mit Zeigefinger und Daumen die Bewegung des Geldzählens. Micha machte nur eine beschwichtigende Geste mit der linken Hand, legte seinen rechten Arm um Adina, die sich an ihn schmiegte.

„Wir haben noch genug für uns, nicht wahr?", sagte Micha an Adina gewandt, die ihm eifrig zunickte, ein glückliches Lächeln auf dem hübschen Gesicht, und auf ihren Wangen bildeten sich zwei Grübchen.

Adam schien das junge Glück nicht zu berühren. „So, können wir gehen?", fragte er nur.

„Ja, wir haben das Gepäck schon ins Auto geladen. Wer fährt?", wollte Micha wissen, dabei zog er die rechte Hand aus seiner Jackentasche, ließ den Autoschlüssel in der ausgestreckten Hand baumeln. Adam musterte in gleichgültig, schwieg.

„Dann fahr ich?", fragte Micha, unbeirrt gut gelaunt, „du

hast ja eh gesagt, dass ich das Auto behalten soll. Du hast ja zu Hause deinen Mercedes." Er wandte sich an Adina: „Weißt du, wir haben das Auto bei einem Gebrauchtwagenhändler in Deutschland erworben."

Er betonte dabei das Wort erworben, lachte darüber wie über einen guten Witz. Adina verstand, blickte bewundernd zu ihm auf. Vielsagend lächelnd fügte sie hinzu: „Ich weiß, in Deutschland gibt es so viele schöne Autos."

„Na ja, so schön ist es ja nicht mehr, schon etwas alt", erwiderte Micha mit gespielter Bescheidenheit, „aber wir gehen wieder mal nach Deutschland, nicht wahr Adam?"

„Erst gehen wir nach Hause. Ich kann es kaum erwarten", protestierte Adina leise und wischte sich plötzlich ein paar Tränen aus den Augen.

„Ja, mein Schatz, erst später wieder. Versprochen!", versicherte ihr Micha zärtlich, drückte ihr einen Kuss auf die Wangen.

„Nein, geh nie wieder nach Deutschland", widersprach Adina, „nachdem ihr die Polizisten ..."

„Ach was, stimmt nicht", unterbrach sie Micha schnell, „ich hab dir das nur so erzählt. Wir gehen doch der Polizei ständig aus dem Weg."

Für den Bruchteil einer Sekunde blickte Adam erstaunt auf. Einen Moment wirkte er bitterböse, dann nahm sein Gesicht wieder den üblichen, gleichmütigen Ausdruck an.

„Komm, gehen wir", befahl er, und sie verließen den Raum durch den offenen Flur, gingen ins Freie. Adams Stimme klang hart und Micha blickte kurz und erstaunt auf.

„Adina", erklang plötzlich eine Stimme hinter ihnen. Eine weibliche Person, nicht mehr ganz jung, die üppige Figur

in einem weiten Kleid, war aus einem Nebeneingang getreten, rannte auf Adina zu, nahm sie in den Arm, küsste sie auf beide Wangen.
„Mach's gut, mein Kleines", sagte sie, und an Micha gewandt drohte sie scherzhaft: „Und du pass gut auf sie auf!"
„Natürlich! Werde ich! War so lieb von dir, Olga, danke!"
Die beiden jungen Leute verabschiedeten sich von der Frau, während Adam nur ein missmutiges „Tschüss Olga" von sich gab. Dann gingen sie zu dem Auto. Adam bedeutete Micha, sich hinter das Steuer zu setzen. Er ließ Adina auf dem Rücksitz Platz nehmen. Plötzlich ging Adam wortlos in das Haus zurück und kam erst nach einigen Minuten wieder, setzte sich dann neben Micha. „Musste mal", sagte er lediglich und gab Micha ein Zeichen zum Fahren.

Das ganze Anwesen mit der nun ausgeschalteten Lichtreklame und dem großen Parkplatz wirkten um diese mittägliche Stunde seltsam öde. Niemand war zu sehen. Micha startete den Motor und fuhr langsam aus dem Gelände hinaus. Er nahm die Straße, die zur Autobahn nach Prag und dann weiter in südöstlicher Richtung führte. Immer weiter weg von Deutschland.
Während der Fahrt sprachen sie wenig. Sie ordneten sich in den lebhaften Verkehr ein und lauschten einem tschechischen Radiosender. Wann immer Nachrichten kamen, richtete sich Adam in seinem Sitz auf, lauschte intensiv. Waren die Nachrichten vorbei, rutschte er wieder in seinem Sitz nach unten, schloss die Augen oder rauchte eine Zigarette. Adina, zunächst putzmunter und fröhlich, lehnte

sich über das Gepäck an ihrer Seite und fiel bald in einen tiefen Schlaf. In Prag bog Micha ab in Richtung Brünn. Gleichmäßig rollten sie mit dem Verkehr. Die Sonne überschritt allmählich ihren Höchststand.
„Wollen wir mal Pause machen?“, fragte Micha nach einiger Zeit. Adam nickte leicht, der Gesichtsausdruck war verschlossen und abweisend. So kannte ihn Micha eigentlich nur aus Situationen, in denen er einen Plan ausbrütete. „Ja, wir müssen mal essen und ich muss schon wieder. Zu viel Kaffee.“
„Geht mir auch so“, stimmte ihm Micha zu. Er wurde zunehmend unruhig. Endlich tauchte eine Raststätte auf und sie verließen die Autobahn. Micha tankte zunächst, dann suchte er eine abgelegene Stelle auf dem Parkplatz, aber er musste froh sein, überhaupt einen Parkplatz zwischen zwei Fahrzeugen mit ukrainischen Nummern zu finden.
Kaum stand das Auto, tauchte auf dem Rücksitz Adina auf, räkelte sich und gähnte.
„Wo sind wir?“, fragte sie.
„Vor Brünn“, entgegnete Micha, „Ich muss dringend. Geht ihr gleich mit?“
„Ja, natürlich. Und Hunger hab ich auch“, stellte Adina fest.
„Wir können nicht alle zusammen gehen. Hier wird zu viel gestohlen. Unterm Kommunismus war es besser, aber heute. Ein Mann muss immer im Auto bleiben“, bestimmte Adam.
„Wir können hier gleich etwas essen“, fügte er hinzu. Sie beratschlagten kurz, dann entschied Adam, dass zunächst er im Auto bleiben würde.

Micha und Adina verließen das Fahrzeug. Adam sah ihnen nach. Er konnte erkennen, wie sie sich lebhaft unterhielten, immer wieder an den Händen fassten und in einem unnötig großen Bogen auf das Rasthaus zugingen. Adam wartete bis sie verschwunden waren, dann warf er einen Blick in Adinas Handgepäck, dann in Michas. Er suchte nach möglichen Waffen, aber er fand keine. Danach verließ er das Fahrzeug, lehnte sich an einen nahen Baum und zündete sich eine Zigarette an.
Nach einigen Minuten fielen Adam vier Männer mittleren Alters auf, die das Rasthaus verließen und sich raschen Schrittes in seine Richtung bewegten. Offenbar gehörten sie zu einem der Fahrzeuge, die neben ihrem Audi standen. Einer öffnete die Fahrertür des ersten Autos, ein zweiter Mann ging zu dem anderen Fahrzeug. Der Mann zögerte etwas, als er an dem Audi vorbeiging, musterte das deutsche Kennzeichen und warf anschließend einen Blick in das Wageninnere. Einer seiner Begleiter folgte seinen Blicken, brachte sein Gesicht näher an die Scheiben, warf dann einen prüfenden Blick in die Umgebung, dabei entdeckte er Adam. Als er ihn sah, pfiff er kurz durch die Zähne.
Adam löste sich langsam von dem Baum, näherte sich vorsichtig zwei Schritte. Er bemerkte, wie plötzlich vier Augenpaare auf ihn gerichtet waren. Er blieb stehen, schob seine rechte Hand in die linke Jackentasche, bis er den Griff der Waffe ertastete. Adam stand etwas erhöht und starrte unverändert die Männer an, versuchte alle vier mit seinen Augen zu erfassen. Er spürte diese höchste Anspannung, die ihm aus vielen kritischen Situationen vertraut war, und doch immer wieder erneut das Adrenalin durch

die Adern jagte. Der Mann, der vorher so auffällig in ihren Audi geschaut hatte, wurde unsicher, lächelte leicht. Adam stellte fest, dass der Mann doch älter sein musste, als er zunächst gedacht hatte. Vielleicht war er schon fünfzig. Das breitknochige Gesicht war vom Wetter gebräunt und von Falten durchfurcht, das dichte, braune Haar schon leicht ergraut.

„Hallo! Du bist auch kein Fritz – oder?", fragte der Mann leise. Er sprach Surschyh, eine in der Ukraine häufig verwendete Umgangssprache, die auch viele Elemente des Russischen enthält.

„Nein, bin ich nicht. Komme gerade von den Faschisten und bin auf dem Weg nach Hause", entgegnete Adam auf Russisch in einem ähnlich leisen Tonfall. Die Spannung zwischen den Männern zerbröselte augenblicklich. Die jeweils beim anderen vermutete Abneigung gegenüber Deutschland und den Deutschen war wie ein gemeinsames Band, schaffte Zutrauen.

„Wir waren auch dort", erwiderte der Mann, plötzlich entspannt und freundlich, „wir würden natürlich nie Landsleute oder Brüder, du weißt ja."

„Ja, natürlich."

„Dachte, das Auto gehört vielleicht einem Fritz."

Adam nickte und lächelte. Aber er zog seine rechte Hand nicht zurück. „Nein, nicht mehr. Kann sein, dass es ein Fritz gerade sucht. Ich warte hier auf meine Kumpels."

Zwei der Männer drehten sich schnell um, blickten in Richtung Rasthaus.

„Also, dann: gute Fahrt!", sagte Adams Gegenüber, er hob die Hand zum Gruß und öffnete die Fahrzeugtür. Die Män-

ner stiegen in ihre Autos und fuhren davon. Adam zog seine rechte Hand zurück und nahm die Zigarette aus der linken Hand. Er steckte sie zwischen die Lippen, zog den Rauch ganz tief ein und schloss für einen Moment die Augen. Nach etwa zehn Minuten tauchten Micha und Adina auf. Sie trugen braune Papiertüten und Colaflaschen, die jungen Gesichter vergnügt und zufrieden.
Adam zog den Fahrzeugschlüssel ab und steckte ihn in seine Tasche. „Da seid ihr ja“, empfing er sie gleichmütig.
„Hat es zu lange gedauert?“, fragte Adina besorgt, „da musste man überall warten, auf dem Klo, an der Theke ...“
„Nein. Wir haben ja Zeit“, entgegnete Adam, eine Spur freundlicher, „ich habe mich ein wenig mit den Ukrainern unterhalten, die neben uns parkten. Ich geh schon mal. Ich esse nachher.“
Adam schlenderte gemächlich davon, aber er wusste, er würde sich auf der Toilette beeilen. Als Adam von dem Rasthaus zurückkehrte, setzte er sich zu Micha und Adina unter den Baum. Die Temperatur war angenehm mild. Sie aßen Hamburger, Pommes und tranken Cola dazu. Am Schluss ließen sie auch die Wodkaflasche kreisen und streckten sich im Gras aus.
Adam musste an den Tag zuvor denken, den großen Platz in Heilbronn, dessen Name er nicht wusste. Er war überzeugt, jetzt waren sie längst schon vor einer Verhaftung sicher. Diesmal würde ihn die deutsche Polizei nicht wieder schnappen. Er warf einen Blick zu Micha, der halb aufgerichtet neben Adina lag, die sich im Gras ausgestreckt hatte. Micha zeichnete mit seinem rechten Zeigefinger imaginäre Linien über Adinas Gesicht und sie schnappte

immer wieder mal nach seinem Finger. Hatte sie Erfolg, dann kicherte sie leise und das Spielchen begann erneut. Es war Adam, der das Zeichen zum Aufbruch gab. Adina sprang schnell auf und setzte sich im Auto wieder auf den Rücksitz. „Ich kann es kaum erwarten, bis ich zu Hause bin“, erklärte sie, nachdem die Männer ebenfalls im Auto Platz genommen hatten. Diesmal setzte sich Adam hinter das Steuer. „Heute Abend noch nicht, aber morgen sind wir in Radymno!“, versicherte ihr Micha.
Adam startete den Motor, fuhr aus dem Parkplatz heraus auf die Fernstraße und ordnete sich in den nach wie vor dichten Verkehr ein. Adina lehnte sich auf die vorderen Sitzlehnen, brachte ihr Gesicht dicht neben das von Micha, fing an, ihm mit ihrer rechten Hand durchs Haar zu fahren.
„Erst gehen wir zu deiner Mutter“, sagte sie plötzlich. „Ich muss mich bei ihr für so vieles bedanken. Sie war es doch, die wollte, dass du mich wieder holst.“
„Ich wollte es auch, jedes Mal mehr“, versicherte ihr Micha und küsste sie auf die Wange.
Adam wandte kurz den Kopf. „Bedanke dich mal bei Oleg, solltest du ihn wieder sehen. Er hat dich aus Berlin geholt“, wandte er ein. Für ihn war dies ein ungewöhnlich langer Satz.
„Ja, ich weiß. Er hat mich auch immer gut behandelt. Und Olga erst! Aber in Berlin ...“ Adina konnte nicht weitersprechen, Tränen traten in ihre Augen.
„Adam kennt halt die richtigen Leute“, erläuterte Micha voll Anerkennung, „aber du musst nicht weinen, das ist nun alles für dich vorbei.“

Adina nickte, wischte sich mit einem Taschentuch die Tränen aus den Augen und schnäuzte ordentlich. „Ihr habt mir alle geholfen. Erst deine Mutter, dann du, dann du, Adam, dann Oleg und Olga. Micha Schatz, ich wollte das mit Berlin nie", beteuerte sie.
„Das weiß ich doch", versicherte ihr Micha, „das waren Verbrecher, die dich nach Berlin gelockt haben!"
„Mit diesen Ukrainern ist nicht zu spaßen!", stellte Adam fest, dann schaltete er das Radio ein. Es kam aber nur ein Wellensalat. Micha beugte sich vor, drehte und drückte, suchte einen Sender, plötzlich ertönte eine Stimme, es war Radio Brünn. „Schade, dachte, vielleicht Krakau", meinte er, „aber vielleicht ist es noch zu weit."
„Wahrscheinlich", stimmte ihm Adam zu, „aber bald bekommen wir auch Krakau rein. Gleich kommt die Abzweigung nach Zilina. Ich kenn da ein Hotel, da können wir übernachten."
Nach etwa einer Viertelstunde kam die Abzweigung, es war die E 50. Die Straße führte nach Zilina und bald darauf in das Grenzgebiet und weiter nach Polen. Adam starrte gleichmütig auf das graue Band der Straße, das vor ihnen auftauchte und unter dem Fahrzeug verschwand. Kilometer um Kilometer. Seine Gedanken arbeiteten an einem Plan. Nur nebenbei registrierte er das zärtliche Getuschel von Adina und Micha. Sie machten Zukunftspläne, sprachen von Heiraten und davon, eine Wohnung einzurichten.

Kapitel 11

Heilbronner Stimme *Montag 30. April 2007*

Polizistenmord gibt weiter Rätsel auf
Heilbronn. Gesuchte Zeugen melden sich nicht – Soko „Parkplatz" aufgestockt – Verständnis für Maifest-Start

Wenn Oberstudiendirektor Paul Bachmeier in Ruhe die Zeitung lesen wollte, dann war er, abgesehen von den Hausmeistern, die erste Person in der Schule. Damit hatte er als Frühaufsteher kein Problem, denn er schätzte seinen regelmäßigen Tagesablauf, früh zu Bett und früh aufstehen.
Ein weiterer Grund, warum er gerne kurz nach sieben in seinem Büro saß, war der, dass er morgens möglichst wenig Kolleginnen und Kollegen begegnen wollte. Und noch weniger wollte er schon in aller Früh auf irgendwelche Schulprobleme angesprochen werden. Aber zunächst einmal parkte er sein Auto in der Tiefgarage an dem für ihn unmittelbar neben dem Aufzug reservierten Platz. Anschließend fuhr er mit dem Lift in den ersten Stock hoch und hoffte dann, die wenigen Meter zu seinem Büro ungesehen zurücklegen zu können.
Auch an diesem ersten Montag nach dem Anschlag auf die Polizeibeamten war es nicht anders. Einer der Hausmeister hatte wie gewohnt bereits im Sekretariat die Zeitungen auf den Schreibtisch von Sabine Dietz gelegt. Bachmeier nahm sich die FAZ und die „Heilbronner Stim-

me“, ging zurück in sein Büro und machte es sich auf der Couch bequem.
Heute überflog er den Wirtschafts- und Immobilienteil der FAZ ungewöhnlich schnell, dann griff er zur „Heilbronner Stimme“und schlug den Lokalteil auf. Der größere Teil der ersten Lokalseite handelte nur von dem Anschlag. Ein großes Bild, drei kleine Bilder, dazu ein großer Bericht, ein Kommentar, Hintergrundinformationen zum Thema „Trauerfeiern“, und in der am rechten Rand platzierten Spalte „Moment mal“ sprang ihm die Überschrift in die Augen: „15 000 Euro Belohnung“. Er konnte sich nicht entsinnen, dass in Heilbronn oder Umgebung jemals eine so hohe Summe für die Aufklärung einer Straftat geboten worden war. „Fünfzehntausend Euro“, murmelte er leise.
Bachmeier musterte das große Farbbild in der Mitte. Es zeigte den Tatort, nun bedeckt mit Blumen und Kuscheltieren und immer wieder den roten Grablichtern, wie sie von Katholiken verwendet wurden. Er fing an, den ersten Satz des Berichts zu lesen: „Mustafa steht auf der Theresienwiese mit einer Rose in der Hand, so wie es viele schon vor ihm getan haben.“ Bachmeier überflog den ersten Absatz. Schön, dachte er, dass man auch von ausländischen Jugendlichen berichtet, sie als trauernde Mitbürger zeigt. Er fing an, den zweiten Absatz zu lesen. Die Einführung „Andacht statt Fassanstich“ war durch einen Fettdruck betont und dann: „Maifest absagen oder nicht“? Wäre es nach der Heilbronner Stadtverwaltung gegangen, na ja. Offenbar hatte die Stadt das Maifest absagen wollen. In den folgenden Zeilen kamen dann einige Schausteller zu Wort. Zwar falle der Fassanstich aus, aber die Vorberei-

tungen wären nicht mehr ohne große finanzielle Verluste rückgängig zu machen. Doch die Maifest-Macher organisierten einen Gottesdienst und eine Kranzniederlegung am Tatort. Die Betroffenheit der Schausteller und die Zwickmühle, in die sie unverschuldet geraten waren, wurden dem Leser vermittelt.

Bachmeier fielen die Olympischen Spiele in München ein, die Worte von Avery Brundage bei der Trauerfeier für die ermordeten Israelis: „The games must go on". Jetzt, mit mehrtägiger Verspätung, überkam ihn beim Lesen ein Gefühl der Wut und Ohnmacht über den unglaublichen Vorfall, der sich da in seiner unmittelbaren Umgebung zugetragen hatte.

Man muss die Mörder finden, man wird die Mörder finden, redete er sich ein und starrte in Gedanken versunken an die Wand. Plötzlich bemerkte er ein Klopfen an der Tür zum Sekretariat. Das musste eine der Sekretärinnen sein, vielleicht Sabine, überlegte er. Die Arbeitszeiten des Büropersonals waren unterschiedlich, und er vergaß sie ständig. Er legte die Zeitung weg, stand auf.

„Ja, bitte."

Die Tür öffnete sich vorsichtig, Sabine Dietz kam herein und drückte die Tür hinter sich ins Schloss.

„'n Morgen, Paul", sagte sie, „ich sah dein Auto. Hast du mich nicht gehört?"

„Doch, wieso?"

„Ich hab ein paarmal geklopft", erklärte sie.

„Tatsächlich? Hast du die Zeitung heute schon gelesen?", fragte er.

„Nein", entgegnete Sabine Dietz, „aber ich kann es mir

schon denken. Natürlich über den furchtbaren Vorfall?"
„Ja, furchtbar, das kann man wohl sagen", stimmte er ihr zu, „wir sollten alles tun, damit man die Mörder schnappt."
Sabine Dietz blickte ihn überrascht an. „Wir? Möchtest du wirklich?", fragte sie etwas verunsichert.
„Wenn wir helfen können. Ich weiß nicht. Was meinst du?" Bachmeiers Stimme klang nun ebenfalls unsicher, weniger überzeugend als gerade zuvor.
„Was können wir schon sagen?", entgegnete Sabine Dietz.
Bachmeier kniff die Lippen zusammen, blies dann langsam die Luft aus. Schwieg. Dann horchte er zur Tür hin, die auf den Gang führte. Die Geräusche nahmen zu. Bald würde die Klingel ertönen, der Unterricht beginnen.
„Das ist es ja gerade", erwiderte er endlich, „wir haben den Ehemann der Frau Pflaum gesehen, dann ein paar Leute, die ich nicht beschreiben kann. Na ja, Ausländer vermutlich, aber was heißt das schon."
„Weiter unten auf der Theresienwiese, Richtung Karlsruher Straße, da waren Wohnwagen, sahen aus wie von Zigeunern", meinte Sabine Dietz.
„Hm, du meinst Roma oder Sinti?", korrigierte sie Bachmeier, dabei nickte er nachdenklich mit dem Kopf.
„Weißt du was?", sagte er plötzlich.
„Ja?"
„Ich bring nachher mein Auto weg. Vielleicht sehe ich dann den Pflaum. Dann kann ich mal mit ihm reden", erklärte er.
„Reden, über was?"
„Na ja, was er so gesehen hat. Er war ja näher dran am Tatort als wir."

„Gute Idee! Wenn wir schon nicht direkt helfen können, dann vielleicht über Herrn Pflaum“, stimmte sie ihm zu, „und wann kommst du wieder?“

„Ich bin noch nicht sicher. Wenn jemand fragt, sage, ich musste auf das Rathaus, wichtiges Gespräch.“

„Mach ich. Sonst noch etwas?“, entgegnete sie. Sabine Dietz blickte ihren Chef fragend an. Bachmeier schüttelte gedankenverloren den Kopf. Sabine drehte sich um und wollte gerade den Raum verlassen, da hielt sie inne und wandte sich erneut ihrem Vorgesetzten zu.

„Noch etwas, in der Tiefgarage habe ich wieder so eine fremdenfeindliche Schmiererei entdeckt, war gestern noch nicht da.“

„Frechheit“, empörte sich Bachmeier, „was sich diese Dumpfbacken erlauben! Der Hausmeister soll es ja gleich entfernen.“

„In Ordnung. Tschüss“, erwiderte sie, drehte sich nun endgültig um und tippelte auf die Tür zu. Bachmeier blickte ihr aus alter Gewohnheit nach, bis sie den Raum verlassen hatte.

Kapitel 12

Es war Montagmorgen in Smolensk. Adam blickte auf seine Armbanduhr. Kurz nach zehn Uhr. Die Zeitungen aus dem Ausland, besonders Tschechien, mussten angekommen sein. „Lidove' noveny", sagte er, als ihn die Verkäuferin in dem Bahnhofskiosk fragend anblickte. Die Frau warf einen kurzen Blick auf die Zeitungen und Zeitschriften, mit denen sie umgeben war, dann reichte sie ihm die Prager Tageszeitung. Adam schob ihr einen Schein zu. „Behalten Sie den Rest", gab er sich großzügig. Er ging einige Schritte weiter und setzte sich auf eine leere Bank in der geschäftigen Bahnhofshalle.
Er überflog die erste Seite – Tschechisch hatte er halbwegs leidlich bei seiner früheren Geheimdienstätigkeit in der ehemaligen Tschechoslowakei gelernt – er ging weiter zur zweiten Seite, dann zur dritten. Plötzlich beugte er sich interessiert vor. Die Überschrift eines kleinen Berichts elektrisierte ihn förmlich. Er starrte auf die vier Worte. „Zwei Tote nahe Zilina", stand da in dicken Buchstaben. Er las den Text:
Ein Sportfischer entdeckte am Samstagabend zwei Leichen in einem Ufergebüsch fünf Kilometer westlich von Zilina, nahe einem Rastplatz. Beide Personen waren durch jeweils einen Kopfschuss getötet worden. Die Polizei schließt einen Selbstmord aus. Bis jetzt konnte nur eine der Leichen identifiziert werden. Es handelt sich um eine 23-jährige Amüsierdame, die aus Polen stammt und in einem Nachtklub nahe Pilsen arbeitete. Bei dem zweiten Toten handelt es sich um einen Mann im Alter zwischen fünfundzwanzig und

dreißig Jahren, etwa einmeterundachtzig groß und schlank, halblange, blonde Haare und graublaue Augen. Seine Identität konnte noch nicht festgestellt werden. Die Polizei befragte den Nachtklubbesitzer, bei dem die Frau beschäftigt war. Nach seinen Aussagen ist die Frau ohne Angabe von Gründen am Freitagabend nicht mehr an ihrem Arbeitsplatz erschienen. Auch ihre Kolleginnen konnten sich das plötzliche Verschwinden der Frau nicht erklären.

Adam klappte die Zeitung zu, faltete sie sorgfältig zusammen und steckte sie in die Innentasche seiner Jacke, dabei spürte er seine Pistole. Er musste sie schleunigst loswerden, obwohl er sich ohne Waffe nie wohlfühlte. „Mist, so schnell", knurrte er, schüttelte verärgert den Kopf und suchte in seinen Taschen nach den Zigaretten und dem Feuerzeug. Er blickte auf und sah am Eingang des Bahnhofs zwei Polizisten stehen. Plötzlich hatte er den Eindruck, als ob einer der Uniformierten ihn prüfend musterte.

Adam blickte an den Polizisten vorbei, steckte sich eine Zigarette in den Mund, zündete sie an, zog den Rauch ein. Seine Augen wanderten durch die Halle. Nach einiger Zeit kehrten seine Blicke zum Eingang zurück. Die Uniformierten waren verschwunden. Er rauchte gemächlich weiter, musste an Micha denken. Der Junge hatte einfach sein Mundwerk nicht im Griff gehabt. Solche Partner waren ihm zu gefährlich. Das war ihm gestern endgültig klar geworden. Adam und Micha hatten sich in einem deutschen Knast kennengelernt – überhaupt hatte er dort einige Typen getroffen, die er als richtig gut einschätzte. Wieder draußen, hatte er mit Micha einige Dinger gedreht. Adam fiel das Mädchen wieder ein. Das war ihr Pech, dass sie dabei war und Dinge hörte, die sie besser nicht gehört hätte. Schade, wirklich ein hübscher Fratz, gestand er sich ein, hätte sie auch gerne mal gebumst. Noch so jung und knackig.

Adam rauchte seine Zigarette zu Ende, dann stand er auf, verließ gemächlichen Schrittes die Halle. Er blinzelte in die Sonne und blickte auf die andere Straßenseite. Dort stand er, sein schöner dunkelblauer Mercedes. Ein Mann saß in dem Fahrzeug. Es war sein Bruder Bogdan. Ihm konnte er trauen. Bogdan trug auch eine Waffe bei sich, falls jemand zu viel Gefallen an seinem Mercedes finden sollte. Sein Bruder hätte ihn gerne bei seinen Reisen nach Deutschland begleitet, aber bisher wurde er immer zu Hause benötigt, denn ihre beiden älteren Schwestern lebten in Moskau. Ihr Vater war kürzlich gestorben, die Mutter gebrechlich und manchmal verwirrt. Man konnte sie nicht mehr allein lassen. Aber vor einiger Zeit hatten sie für die Mutter ein Zimmer in einem neuen, teuren Heim gefunden.

Langsamen Schrittes ging Adam weiter zur nächsten Ampel. Es war ein schöner Tag und er hatte viel Zeit. Aber dann sah er sie wieder, die beiden Polizisten. Sie standen auf dem Bahnhofsvorplatz, wandten ihm den Rücken zu, den Kopf der Straße und dem lebhaften Verkehr zugewandt. Die Ampel zeigte grün, aber Adam blieb stehen, schaute scheinbar gleichgültig durch die Gegend, dabei beobachtete er unentwegt die Wachleute. Er konnte erkennen, dass sie aus der Ferne offenbar sein Fahrzeug mus-

terten, sich wohl darüber austauschten, aber dann entfernten sie sich langsam in entgegengesetzter Richtung.
„Warst lange weg“, sagte Bogdan, als Adam die Beifahrertür öffnete.
„Wir haben's ja nicht eilig“, entgegnete Adam ausweichend, „hab noch in der Zeitung gelesen.“
Bogdan warf einen Blick auf das Blatt. „Tschechisch?“
„Ja, da war 'ne Schießerei in Olegs Klub.“
„Schlimm?“
Adam zuckte mit den Schultern. „Eigentlich nicht so schlimm, dass die Zeitung darüber berichten müsste.“
„Gab's keine Toten?“, fragte Bogdan interessiert.
„Doch einen, aber es war nur ein Deutscher, wollte wohl billig bumsen.“
Bogdan lächelte. „Geschieht ihm recht. Wohin jetzt?“
„Fahr mich zu unserem Mütterchen!“, entschied Adam, plötzlich mit einem verklärten Lächeln im Gesicht. Bogdan startete den Motor und warf einen raschen Blick in den Außenspiegel.
Eine halbe Stunde später parkten die Männer ihre auffallende Luxuskarosse vor einem neuen Gebäude am Rande der Stadt. Adam nickte seinem Bruder zu, bedeutete ihm sitzen zu bleiben, dann verließ er das Auto. Raschen Schrittes ging er auf den Haupteingang zu, sagte dem Portier seinen Namen und den seiner Mutter. Der Mann hinter der Glasscheibe ließ seine Finger über die vor ihm liegende Tastatur tanzen, blickte dann auf den links von ihm stehenden Bildschirm. Nach einigem Zögern nickte er Adam zu, der zunehmend ungeduldig geworden war. Adam besucht seine Mutter häufig, wenn er zu Hause war,

aber seine Aufenthalte im Ausland dauerten manchmal Monate oder eben Jahre, wenn er im Knast saß. Die Kontrollen am Eingang des Heims akzeptierte er nur widerwillig, aber schließlich wohnte seine Mutter auch in einem besonders anspruchsvollen Altenheim. Adam selbst wollte es so. Diese Prüfung der Besucher vermittelte manchen Familienangehörigen wohl nicht nur ein Gefühl der erhöhten Sicherheit. Man gehörte zum Kreis der Wohlhabenden. Adam eilte raschen Schrittes durch den Eingang, ging die Treppe einen Stock höher, ging einige Schritte nach rechts und hielt kurz inne, als er vor dem Zimmer mit der Nummer 22 stand.

Er klopfte vorsichtig, wartete, klopfte erneut, bis er eine unverständliche, matte Altfrauenstimme hörte. Er öffnete vorsichtig die Tür, streckte den Kopf ins Zimmer, lächelte in das runzelige, aschfahle Gesicht einer alten Frau, die in einem Sessel vor einem runden Tischchen saß.

„Mein Junge!"

„Mutter!"

Adam stürzte in den Raum, beugte sich zu seiner Mutter nieder, nahm sie in die Arme und küsste sie, dann zog er sich einen Stuhl unter dem Tisch hervor und setzte sich zu seiner Mutter. Sie hielten sich bei den Händen, während die Mutter aus matten Augen ihren Sohn musterte.

„Erzähl, mein Junge!"

Nur stockend fand er die Worte. Adam berichtete seiner Mutter von der Erntearbeit in Deutschland, erzählte, wie gut es im Westen war und dass er viel Geld verdient habe.

„Und du bleibst nie wieder so viele Jahre weg?"

„Mutter, ich war doch erst vor zwei Monaten hier!"

Die Mutter blickte ihn ungläubig an. „Du warst doch viele Jahre weg?“

„Nein, das ist vorbei“, beruhigte Adam seine Mutter, „so lange bleibe ich nie wieder weg.“

„Gut, mein Junge, komm lass uns danken und zuerst beten.“

„Ja.“

Adam rollte den Sessel mit seiner Mutter vorsichtig vor einen kleinen Altar in der Ecke des Raumes. An der Wand darüber war eine Ikone angebracht. Es zeigte ein Frauengesicht in sanften braunen und goldfarbenen Kolorierungen. Adam suchte und fand eine Kerze in einem Schränkchen unter dem Altar. Er stellte sie vor die Ikone und zündete die Kerze an. Bald breitete sich der Duft von Weihrauch im Zimmer aus. Die alte Frau verbeugte und bekreuzigte sich immer wieder und verfiel schließlich voller Andacht in einen monotonen Singsang. Nach einiger Zeit fiel ihr Sohn mit ein, begleitete ihre Gebete.

Kapitel 13

Bachmeier hatte kein Problem, die Werkstatt im Industriegebiet zu finden. Ein Jahr zuvor war er schon mal hier gewesen, um einen selbst verschuldeten kleinen Blechschaden sehr preisgünstig reparieren zu lassen. Aber so ganz zufrieden war er mit der Arbeit nicht. Unbewusst hatte er vielleicht seitdem darauf gewartet, dass ihm jemand den Gefallen tun würde, ihn schuldlos in einen Unfall zu verwickeln, um dann sein Fahrzeug in einer anerkannten Mercedeswerkstatt einwandfrei richten zu lassen. Stattdessen hatte er erneut selbst eine Delle verursacht.

„Eugen Weiss Unfall-Reparaturwerkstatt" stand in schwarzen Großbuchstaben über dem grauen Schuppen. Das Tor stand offen und Bachmeier fuhr direkt davor, stieg aus. Links und rechts von ihm waren verschiedene Fahrzeuge, meist mit Blechschaden, abgestellt. Es roch nach Öl, Benzin und Farbe. Er warf einen Blick in die Werkstatt und sah ein Auto auf einer Hebebühne. Ein Mann erblickte ihn, er wandte den Kopf nach hinten und rief jemand im hinteren Teil der Halle etwas in einer Sprache zu, die Bachmeier nicht verstand. Vermutlich Russisch. Er wartete. Zwei Männer traten nacheinander bald darauf aus der Werkstatt und gingen auf ihn zu. Den ersten Mann erkannte er als Eugen Weiss, den Inhaber. Es war ein großer, kräftiger Mann im Overall.

„Guten Tag, Herr Direktor", sagte Weiss, „ich kann Ihnen leider nicht ..." Er hielt ihm abwehrend seine schmutzigen, schmierigen Hände entgegen. Er sprach gutes Deutsch, aber mit einem harten, osteuropäischen Akzent. Es kam selten vor, dass Bachmeier mit seinem Titel angesprochen wurde, aber wenn, dann ließ er es gerne geschehen. Da störte es ihn auch nicht, dass er eigentlich Oberstudiendirektor war.

„Guten Tag, geht auch so“, erwiderte Bachmeier und tippte zum Gruß mit seiner rechten Hand auf Weiss’ muskulösen linken Unterarm. Knapp hinter Eugen Weiss kam, wie Bachmeier erwartet hatte, Alexander Pflaum. Im Gegensatz zu Weiss war er gut gekleidet. Dunkle Hose, beigefarbener Sakko, passendes Hemd. Sie begrüßten sich, schüttelten sich die Hände, und Bachmeier fiel auf, wie betont freundlich Pflaum war. Auch bei ihm fehlte das Herr Direktor nicht. Die vom Osten wissen halt noch, was sich gehört, dachte Bachmeier, nicht ohne eine gewisse Anerkennung.

Bachmeier ging mit den Männern um sein Fahrzeug herum, sie besichtigten den Blechschaden, besprachen Einzelheiten. Weiss hatte sich offensichtlich vorher schon gut informiert. „Frau Dietz hat es mir genau erklärt“, stellte er abschließend fest. In seiner Stimme klang ein wenig Lob für die tüchtige Sekretärin mit. Bachmeier händigte ihm den Schlüssel aus. Sie kamen noch überein, dass Alexander Pflaum ihn zur Schule zurückfahren und später das reparierte Fahrzeug wieder in der Schule abliefern würde.

Während der Fahrt zurück zur Schule kreisten Bachmeiers Gedanken ständig um diesen schlimmen Vorfall auf der Theresienwiese. Die ungewöhnlich hohe Belohnung musste doch auch auf Pflaum nicht ohne Wirkung sein? Er versuchte Pflaum in ein unverdächtig anmutendes Gespräch zu verwickeln, aber das war nur begrenzt möglich, Pflaums Deutschkenntnisse waren einfach zu schlecht, außerdem wollte er Pflaum bei seinem forschen Fahren nicht zu sehr ablenken. Bachmeier brachte zwar den Mordanschlag ins Gespräch, Pflaum blieb aber einsilbig, und schließlich landeten sie doch bei seiner Arbeitsvermittlung.

„Vermitteln nur Landsleute aus Russland oder Osteuropa", radebrechte Pflaum. „Mein Partner ... andere Leute vermitteln."

Bachmeier nickte verständnisvoll, blickte dabei voller Sorge auf die Straße und den dichten Verkehr, denn Pflaum fuhr nun mehr als nur zügig. Schaltete eine Ampel auf gelb, dann drückte er erst recht auf das Gaspedal. Bachmeier hatte das Gefühl, als wolle der Mann ihm mit seinen Fahrkünsten imponieren und er war froh, als sie endlich die Schule erreicht hatten und da kam ihm das, was er für eine prima Idee hielt.

„Herr Pflaum", sagte Bachmeier, „ich weiß Ihre Hilfe wirklich zu schätzen. Darf ich Sie vielleicht heute zum Mittagessen im Restaurant „StadtFischer" einladen?"

Pflaum blickte ihn völlig überrascht, vielleicht auch geschmeichelt an.

„Oder passt Ihnen die Zeit nicht?", vergewisserte sich Bachmeier.

„Doch, doch, sehr freuen über Einladung", entgegnete Pflaum nach kurzer Überlegung, „wo ist Lokal?"

„Untere Neckarstraße, gegenüber von dem Springbrunnen im Wasser."

„Ah, kenn ich, bei Waldhorn?"

„Richtig. Dort in der Nähe. Ist Ihnen zwölf Uhr recht?"

„Ja, in Ordnung, zwölf Uhr. Vielen Dank Herr Bachmeier",

stimmte Pflaum zu. Nun war auch Bachmeier froh, dass er das Herr Direktor nicht mehr verwendete. Das gab ihrem Verhältnis etwas Persönlicheres.
Kurz vor zwölf kamen sie beide gleichzeitig vor dem Lokal an. Sie tauschten einige Belanglosigkeiten aus, sprachen über die schöne Lage nahe dem Wasser und Alexander Pflaum erwähnte, dass er gelegentlich im Waldhorn – eigentlich Waldhornschenke – mit Kunden zusammen esse. „Immer gutes Essen, guter Preis", fügte er hinzu. „Dann werden Sie mit dem Essen hier erst recht zufrieden sein", versicherte ihm Bachmeier.
Die Männer betraten das mäßig besetzte Lokal. Die Frau und der Mann hinter der Theke nickten ihnen betont freundlich zu. Es war wohl das vertraute Lächeln für einen häufigen Gast. Bachmeier wählte einen Tisch in einer noch freien Ecke des Lokals. Er wollte nach Möglichkeit keine Zuhörer in der Nähe haben. Kaum hatten sie Platz genommen, kam auch schon die Frau hinter der Theke hervor, in der rechten Hand zwei Speisekarten.
„Darf ich Ihnen schon etwas zum Trinken bringen?"
Bachmeier bestellte ein Apfelsaftschorle, Pflaum ein Weizenbier. Dann studierten sie die Speisekarte, aber Bachmeier konnte dem Gesichtsausdruck seines Gegenübers entnehmen, dass er offensichtlich Probleme mit dem Lesen hatte.
„Das Tagesessen ‚Gänsebraten mit Rotkohl und Kartoffelknödel' kann ich nur empfehlen. Ich esse es immer gern, wenn es auf der Karte steht."
„Oh gutt, Gans?", vergewisserte sich Pflaum.
„Ja. Gänsebraten."

„In Ordnung, Herr Bachmeier, wenn Sie sagen, esse ich auch“, entgegnete Pflaum und klappte erleichtert die Karte zu. Gleich darauf erschien die Bedienung, servierte die Getränke und zückte dienstbereit einen kleinen Block und Kuli. Bachmeier bestellt ihre Essen, schwärmte schon mal in Vorfreude von dem Rotkohl, während Pflaum schweigend die nicht mehr ganz junge Bedienung musterte. Die Frau mochte Mitte dreißig sein, frauliche Figur, dunkelhaarig, die Nase und der Mund etwas zu groß geraten. Fast mechanisch griff Pflaum in seine Seitentasche, zog die Zigarettenschachtel heraus, steckte sie aber schnell wieder zurück, als die Frau ihn kurz und etwas verwundert anblickte, ehe sie sich mit einem freundlichen Nicken entfernte.

Bachmeier lehnte sich zurück. Er aß gerne im „StadtFischer“. Der Inhaber setzte in erster Linie auf Qualität mit entsprechenden Preisen, dadurch konnte Bachmeier sicher sein, dass er hier nie jemand aus dem Kollegium treffen würde, und schon gar keine Schüler. Es gab genug preiswerte Lokale, Wurst- und Dönerbuden in Bahnhofsnähe.

„Also, dann“, sagte Bachmeier an Pflaum gerichtet, hob sein Glas und nippte daran.

„Prost“, entgegnete Pflaum, hob sein Weizenbierglas und nahm einen kräftigen Schluck.

„Nur ein Bierr zum Essen“, fügte er ein wenig entschuldigend hinzu, „dann nix mehr Alkohol, muss fahrren.“

Bachmeier stimmte ihm zu, dass es gut sei, mit dem Alkohol zurückhaltend zu sein. Für eine Weile hatten sie ihr Thema gefunden, Alkohol, Autofahren, Führerschein. Pflaum erläuterte gerade, wie er einen deutschen Führerschein er-

halten habe, als die Bedienung das Essen brachte und gekonnt servierte. Sofort breitete sich ein verführerischer Duft aus und Bachmeier lächelte erwartungsfroh.
„Guten Appetit“, wünschte die Bedienung mit einer höflichen Verbeugung, ehe sie wieder zurück zur Theke ging. Die Männer wünschten sich ebenfalls gegenseitig einen guten Appetit und begannen ohne zu zögern mit dem Essen.
„Schmeckt es Ihnen?“, fragte Bachmeier nach einer Weile.
„Ja, sehrr gutt“, entgegnete Pflaum und fuhr sich mit der Zunge über die Oberlippe, dann zerkleinerte er einen Knödel.
„Freut mich.“
Sie beendeten ihre Mahlzeit ohne einen größeren Wortwechsel und Bachmeier bemerkte zu seiner Zufriedenheit, dass die Tische in ihrer unmittelbaren Nachbarschaft weiterhin unbesetzt blieben. Als Pflaum seinen Teller sorgfältig geleert hatte, legte er Besteck und Serviette darauf, lehnte sich etwas zurück und nahm wieder einen ordentlichen Schluck aus seinem Glas.
„Sehrr guttes Essen“, bestätigte er erneut und nickte seinem Gegenüber anerkennend zu. Da war wieder der unbewusste Griff nach der Zigarettenschachtel, aber dann blickte er unschlüssig um sich und ließ die Glimmstängel erneut in der Tasche. Bachmeier bemerkte die Unruhe seines Gegenübers, er musste sich sputen, wollte er noch sein Thema anbringen.
„Müssen Sie bald zurück zur Arbeit? Haben Sie einen Termin?“, fragte er Pflaum betont freundlich.
Pflaum blickte auf seine Uhr. „Nein, nächste Termin ein bissle später.“

„Aha“, nickte Bachmeier verständnisvoll und fuhr nach einer kleinen Pause fort, „was ich Sie fragen wollte, Herr Pflaum, Sie waren doch auch am Mittwoch auf der Theresienwiese ...“

Pflaum blickte ihn überrascht und prüfend an, lehnte sich etwas zurück.

„Ja, warr ich. Sie warren ja auch dort. Traf Kollegen. Ich sah Sie wegfahren, gleiche Zeit als ich gehen.“

Bachmeier wunderte sich etwas über die schnelle und energisch formulierte Aussage. „Ja, das dachte ich mir“, entgegnete Bachmeier.

Er beugte sich etwas vor, seine Stimme nahm einen gedämpften und vertraulichen Klang an. „Es geht mir darum, Herr Pflaum, ich überlege mir, bei der Polizei eine Aussage zu machen, manchmal sind Kleinigkeiten wichtig. Aber eigentlich weiß ich nichts. Ich weiß nur, wenige Minuten später geschah der Mord. Ich dachte, dass vielleicht Sie mehr wissen?“

Pflaum schüttelte energisch den Kopf. „Nein, nichts wissen, nichts Verdächtiges gesehen.“

„Aber Sie wissen, die Polizei setzt 15 000 Euro Belohnung aus?“

„Ja, meine Frau auch sagen. Aber ich gehen über Platz, sehen Sie wegfahrren und ich dann noch sprechen mit Mann bei Maifest.“

„Einem Schausteller?“

Pflaum zögerte etwas, ehe er antwortete. „Ja.“

Bachmeier beugte sich etwas mehr vor. Seine Stimme wurde noch leiser. „Überlegen Sie sich nochmals alles, was und vor allem wen Sie gesehen haben. Das könnte für die

Polizei wichtig sein. Und wer weiß, vielleicht erhalten Sie die Belohnung!“
„Haben Sie bei Polizei gesprochen?“, fragte Pflaum, dabei musterte er sein Gegenüber interessiert.
„Nein“, entgegnete Bachmeier etwas verzagt und nahm wieder seine ursprüngliche Haltung an, „ich war zu weit weg.“
„Und die Frau mit Ihnen? Ihre Frau? Auch nichts gesehen?“
Diese Frage überraschte Bachmeier und er zuckte hilflos die Schultern. „War ’ne Bekannte, hat auch nichts gesehen. Aber ich möchte nicht, dass solche Verbrecher bei uns frei rumlaufen“, fügte er mit Nachdruck hinzu.
Pflaum nickte eifrig. Bachmeier befand, sein Gesicht drückte Zustimmung aus. „Ich auch nicht. Verbrrecher ins Gefängnis! Aberr wenn ich zur Polizei gehen, Polizei sagen, du Ausländer, du oder Kollege war es!“
Bachmeier schüttelte den Kopf, nickte dann aber resignierend. „Ja, ich verstehe Sie“, sagte er, „überall bei uns diese Vorurteile gegenüber Ausländern. Dachte halt, Ihnen wäre vielleicht etwas aufgefallen. Denken Sie darüber nach, 15 000 Euro Belohnung!“
„Ja, ich werrde viel denken darrüber“, versprach Pflaum, und Bachmeier bemerkte mit einer gewissen Anerkennung die Ernsthaftigkeit in seinem Gesichtsausdruck.
„Haben Sie gesehen Wagen mit Zigeuner?“, fragte Pflaum nach einer kleinen Pause.
„Ja, aber die machen so etwas nicht“, zweifelte Bachmeier über den Hinweis.
„Werr machen so etwas?“, empörte sich Pflaum. Seine plötzlich laute Stimme deutete Bachmeier als seine tiefe

Betroffenheit und er winkte besänftigend mit der rechten Hand. „Wir wissen es noch nicht, aber so etwas darf nicht ungesühnt bleiben."
Beide Männer nickten in schweigender Übereinstimmung, dann leerten sie ihre Gläser und Bachmeier gab der Frau hinter der Theke ein Zeichen, dass er zahlen wollte.

Kapitel 14

Seit meiner Ankunft am Donnerstagabend war ich fast nur zu Hause! Ich war mit meiner Mutter und meinen Kindern zusammen, das war wundervoll. Wir wohnen ja so schön abseits. Nur wenige Male kamen Nachbarn vorbei und immer wieder mal Freundinnen von meinen Mädels.
Da ich diesmal so ganz ohne Geschenke gekommen bin, waren die Kinder dann doch ein wenig enttäuscht, aber ich sagte ihnen, das war, weil ich so schnell abreisen musste. Das mit den Geschenken holen wir nach. Zunächst aber freuten sie sich einfach, dass ihre Mama wieder da war. Ich erzählte ihnen dann meine Geschichte von dem Bauernhof in Deutschland, wo ich bei der Spargelernte geholfen hätte. Und was für ein glücklicher Zufall, das heißt, so glücklich war er auch wieder nicht, es passte halt rein. Am letzten Sonntag kam doch meine älteste Tochter Camelia tatsächlich ins Krankenhaus wegen einer Blinddarmoperation. Aber am Donnerstag konnte man sie wieder entlassen und sie kam nur einige Stunden vor mir zu Hause an. Komischer Zufall.
Camelia sagte auch, sie hätte mir eine SMS geschickt. Die habe ich nie erhalten, aber zu den Leuten sage ich einfach, ich bin gekommen, weil Camelia im Krankenhaus war. Ein prima Grund!
Gestern, am Sonntag, bin ich dann mit meiner Mutter und den Mädels zusammen in die Kirche gegangen. Ich war ja schon lange nicht mehr in einer Kirche, aber manchmal denke ich doch, da ist jemand, der sich um mich kümmert und mir hilft, weil mich doch so viele Leute oft schon so

schlecht behandelt haben. Natürlich trafen wir in der Kirche dann viele Bekannte.
Thema Nummer eins war der Tod von diesem Petr, Petr Cartescu mit vollem Namen. Seinen Nachnamen kannte ich überhaupt nicht! Und die Polizei hat schon einen Verdächtigen verhaftet, der angeblich Petr aus Eifersucht umgebracht haben soll. Am Dienstag wird der Petr beerdigt und dazu erwartet man auch seine drei Kinder aus Deutschland. Das heißt, ein Sohn, der in Österreich wohnt, ist schon da. Eine Bekannte meinte doch tatsächlich, wenn ich wollte, könnte ich sicher mit einem von Petrs Kindern wieder nach Deutschland zurück, falls ich es eilig hätte. „Vielleicht", sagte ich. Ich hätte da kein Problem, aber ich würde mich zu diesem Sohn nur ins Auto setzen, wenn noch eine Frau dabei wäre.
Aber ich denke, es ist doch besser, wenn ich noch 'ne Weile hierbleibe. Einfach mit Mutter und meinen Kindern. Überhaupt Mutter, sie gefällt mir gar nicht. Als sie mich am Samstagmorgen sah, da war sie ganz erstaunt und meinte, ich wäre jetzt erst aus Deutschland gekommen. Aber später war sie dann wieder ganz normal und konnte sich an alles entsinnen. Sie hat auch körperlich abgebaut. Aber Camelia und Cilia sind gute und fleißige Mädels, Mutter sagt, dass sie in ihnen eine große Hilfe habe.
Auch Adrian käme öfters vorbei und würde ihnen helfen. Er war es, der Camelia mit seinem Auto ins Krankenhaus brachte und wieder abholte. Ein wenig wurde ich da aber doch hellhörig, Adrian ist schließlich der Onkel, der mich als Mädchen „entjungfert" hat. Unfreiwillig. Seit meiner Rückkehr habe ich ihn noch nicht getroffen. Mal sehen, so etwas

wie bei mir darf sich bei Camelia nicht wiederholen. Da verstehe ich keinen Spaß, und heute kann ich mir helfen.
Am Montag bin ich recht früh mit dem Bus nach Timisoara gefahren. Zuerst ging ich zur Bank. Dort auf der Bank kennt mich niemand und das ist gut so. Da kann einer hundert Jahre als Erntehelfer in Deutschland arbeiten, so viel Geld wie ich hat man dann nicht auf seinem Konto! Und das ist nicht alles! Aber meine Verstecke kennt niemand. Sollte ich vielleicht Camelia einweihen?
Ja, nachdem ich dann auf der Bank war, ging ich in ein Kaufhaus, kaufte dort für meine Mutter und die Kinder ein. Da kennt mich auch niemand und wundert sich, woher ich all das Geld habe. Ich fühle mich am wohlsten, wenn mich niemand kennt. Für Mutter kaufte ich ein Kleid und den großen Mädels, Camelia und Cilia, kaufte ich Jeans, Blusen, zwei Computerspiele und für meine kleine Cynthia ebenfalls Kleidung, eine Puppe und noch ein Geschicklichkeitsspiel für Fünfjährige. Danach war ich dann vollbepackt und freute mich riesig für die Kinder.
In dem Kaufhaus war auch ein Restaurant, da aß ich dann seit Langem mal wieder so eine richtig gute Mahlzeit, selbst meine Mutter kocht nie so gut und reichlich. Dazu waren wir immer zu arm. Mir selbst musste ich auch noch Kleidung kaufen. Ich hatte keine Jeans mehr. Noch spät am Donnerstagabend hatte ich meine Kleidung, die ich auf der Reise und bei Petr getragen hatte, verbrannt. Ich bin da immer vorsichtig. Nach den Einkäufen nahm ich dann den Bus nach Hause.
Ja, aber der Tag hielt noch eine Überraschung für mich bereit. Na ja, etwas hatte ich ja damit gerechnet. Als ich

mich unserem Haus näherte, sah ich, dass ein Polizeiauto auf dem Hof parkte. Nein, nicht dass mir deshalb die Angst in alle Glieder fuhr. Irgendwie hatte ich mir schon so meine Gedanken gemacht und mir alles zurechtgelegt. Die Waffe und die Munition hatte ich noch am Donnerstagabend versteckt. Waffen nehme ich nie ins Haus. Dass ein Verdächtiger schon in Haft saß, das kam mir natürlich zugute, das beruhigte mich mächtig. Aber zunächst rannten mir meine Mädels entgegen. Das sind für mich so die glücklichsten Momente im Leben.

Auf dem Hof verteilte ich einfach die Mitbringsel an meine ungeduldigen Kinder, als ein Polizist in dem Türrahmen erschien und mir mit einer befehlerischen Handbewegung bedeutete, dass er mich im Haus erwarte. Der Mann mochte ungefähr fünfzig sein, er war von großer Statur mit einem schwarzen Schnauzer. Natürlich folgte ich ihm sofort. Mit so einem Wichtigtuer lege ich mich nicht an.

Der Bulle ging mir in die Küche voraus, dort saß bereits ein wesentlich jüngerer Polizist am Tisch. Auf meinen suchenden Blick hin antwortete der erste Polizist, vermutlich der Chef, dass meine Mutter im Stall sei und sie wollten mit mir alleine sprechen. Er bedeutete mir, mich zu setzen und nahm mir gegenüber Platz. Der junge Wachtmeister saß an der rechten Tischseite. Ich versuchte ihn schnell und unauffällig zu mustern. Er war ein hübscher, dunkelhaariger Bursche. Seinem Alter nach konnte er noch nicht lange bei der Polizei sein.

Der ältere Polizist ließ sich zunächst von mir meinen Pass zeigen, musterte ihn und reichte ihn dann seinem Kollegen, der sich wohl Namen und Nummer notierte, ehe er ihn mir wieder zurückgab. Dann musste ich die Fahrt und die Ankunft mit dem Bus schildern. Ich erzählte von dem Fußmarsch, dass ich vorher noch etwas gegessen hätte, unterwegs, gleich nach der Stadt, dann eine längere Pause hinter einer Hecke machte und dabei eingeschlafen wäre. Die Fahrt in dem Bus die Nacht zuvor sei so furchtbar gewesen, ich hätte kein Auge zugebracht.

Der junge Polizist schlug wieder sein Notizbuch auf und machte gelegentliche Eintragungen. Zwischendurch streckte Mutter den Kopf durch die geöffnete Tür und zog sich schnell wieder zurück. Am Küchenfenster tauchten gelegentlich die Köpfe von Camelia und Cilia auf. Die zwei Männer bemerkten es ebenfalls, lächelten – so schien es mir - verständnisvoll. Ja, meine Mädels muss man einfach mögen.

„Wo genau haben Sie Rast gemacht und geschlafen?", fragte mich plötzlich der ältere Polizist. Seine Stimme klang nun wesentlich gnädiger als zuvor. Ich musste innerlich lächeln und beschrieb dann die Hecke, hinter der ich die Pistole rausgeholt und betrachtet hatte. Die Männer tauschten zustimmende Blicke aus, sie waren offensichtlich mit meiner Erläuterung zufrieden. Der ältere Polizist wunderte sich zwar über die frühe Rast, kaum dass ich aufgebrochen war. Ich druckste dann etwas verschämt herum. Er begriff, da musste wohl ein menschliches oder frauliches Bedürfnis eine Rolle gespielt haben. Er setzte eine nichtssagende Miene auf, blickte an mir vorbei, so, als wolle er auf meine intimen Gefühle Rücksicht nehmen.

„Wann sind Sie hier zu Hause angekommen?", fragte er mich dann nach einer kleinen Pause. Sein junger Kollege schrieb dabei ständig mit.

„So etwa um fünf Uhr", sagte ich. Aber ich wusste, es war bestimmt eine Stunde später.
„So, Ihre Mutter sagte eine andere Zeit", meldete sich erstmals der junge Polizist zu Wort.
Ich erschrak, aber ich bin sicher, ich ließ mir nichts anmerken. „Ach was, was sagte sie denn? Manchmal ist sie etwas verwirrt."
„Sie sagte drei Uhr."
Die Männer konnten bestimmt den Stein nicht hören, der mir vom Herzen fiel, aber sie sahen mein erlöstes Lächeln.
„Nein, da hat sie sich wohl geirrt", entgegnete ich erleichtert. Solange meine Mutter eine frühere Zeit angibt, kann es mir nicht schaden, dachte ich. Mein Blick fiel auf unsere Küchenuhr. Es war auch jetzt kurz vor drei Uhr. Ich begriff, die Uhr ging ja gar nicht!
„Na ja, wohl zu früh", sagte der ältere Polizist. Ich blickte ihn an, ahnte natürlich, was er meinte. „Haben Sie vielleicht einen Mann mit einem Pferdegespann gesehen?"
Ich tat, als ob ich angestrengt nachdenken müsste. „Nein", entgegnete ich allmählich, „kann mich nicht entsinnen."
„Wen oder was haben Sie gesehen", bohrte er nach.
„Hm, ich sah einige Radler, dann war da auch mal ein Motorrad und ich sah ein Auto, meine ich, ja, ein Auto", erwiderte ich endlich. Aber je mehr ich darüber nachdachte, desto weniger fiel mir etwas ein. Das Geschehen war wie weggewischt. Ich wusste überhaupt nicht, wen und was ich gesehen hatte. Ich wusste nur noch, dass ich Petrs Aufforderung folgte und mich zu ihm auf den Pferdewagen gesetzt hatte.

„Auto? Beschreibe mal das Auto?“, hörte ich die Stimme des älteren Polizisten wie aus weiter Ferne.
Ich sagte einfach, da mir nichts anders einfiel: „Ein Lada.“
Die Männer wechselten einen schnellen Blick. „Ein Lada?“, fragte der junge Polizist, plötzlich sehr interessiert, „was für eine Farbe?“
Ich überlegte, was er wohl hören wollte. „Hm, so dunkelrot“, sagte ich einfach auf Vermutung.
Die Männer blickten sich nun etwas länger und ein wenig triumphierend an. „Konntest du den Fahrer erkennen?“, wollte jetzt der Alte wissen.
Ich schüttelte den Kopf. Derweil schrieb der Junge eifrig. „Nein.“
„Denk nach!“, fuhr er mich an. Mir gefiel sein plötzlicher barscher Ton überhaupt nicht. Natürlich, er wollte mich einschüchtern.
„Ich weiß nicht mal, ob es überhaupt ein Mann war“, erwiderte ich endlich.
„Was? Das sieht man doch! Am Donnerstag wurde jemand ermordet. Du warst ja auch in der Nähe! Es ist für dich wichtig, dass wir den Mörder finden, sonst ... Denk also nach!“, befahl er mir erneut.
„Mörder? Ermordet?“
„Ja, erstochen!“, schnauzte er mich an. Aber selbst wenn ich es nicht besser gewusst hätte, ich hätte an seiner Stimme und Mimik gemerkt, dass er mir eine plumpe Falle stellen wollte. Dummkopf, dachte ich und sagte laut: „Nach der Kirche haben die Leute darüber gesprochen.“
„Ach so, du weißt es schon. Du warst in der Kirche?“ Seine Stimme klang überrascht, aber er nickte sogar etwas wohl-

wollend. „Und was haben die Leute dir gesagt?“, fuhr er fort.
„Ich gehe jeden Sonntag in die Kirche“, sagte ich. Manchmal muss man einfach lügen.
„Was die Leute gesagt haben“, mahnt er und trommelte mit den Fingern der rechten Hand auf den Tisch.
„Dass ein Mann umgebracht wurde und ein Verdächtiger schon verhaftet sei“, entgegnete ich. Die beiden Polizisten tauschten Blicke aus, nickten zustimmend.
„Stimmt, wir haben einen Verdächtigen“, erklärte der ältere Polizist und seine Stimme klang wieder versöhnlich, „gerade deshalb wäre es wichtig, dass du den Fahrer identifizieren könntest. Der Verhaftete fährt nämlich einen dunkelroten Lada.“
„Ich versuch es ja, ich gebe mir alle Mühe, ich kann ihn mir nicht mehr vorstellen“, erklärte ich weinerlich. Offenbar hatte ich den Alten überzeugt.
„In Ordnung, das geht manchmal so“, beruhigte er mich, „du kommst morgen auf die Wache und wir zeigen dir ein paar Bilder von Männern, du wirst bestimmt den Richtigen erkennen. Und deine Fingerabdrücke nehmen wir dann auch gleich.“
„Wieso das denn?“, platzte ich etwas unüberlegt heraus. Das geht einem ja manchmal so, wenn man sich schon zu früh zu sicher fühlt.
„Du bist auch verdächtig. Alle, die am Donnerstagnachmittag in der Nähe des Tatorts waren“, erklärte er mir. Ich schaute erschrocken drein, tat recht unterwürfig. Er war zufrieden. So wollte er mich wohl sehen.
Ich war mir eigentlich ziemlich sicher, dass ich bei Petr

keine Spuren hinterlassen hatte, aber so ein ganz klein wenig macht man sich da doch so seine Gedanken. Aber ich bin ja immer vorsichtig. Soweit ich weiß, habe ich auch in Deutschland keine Spuren hinterlassen. Allerdings kann ich keine deutschen Zeitungen lesen oder Nachrichten verstehen.

„Morgen, um zehn Uhr“, sagte der alte Polizist mit Nachdruck, dann standen die beiden Männer auf und verließen den Raum. Sofort stürmten meine Mädels herein. Ich nahm sie in die Arme und musste weinen.

Kapitel 15

Die Heilbronner Stimme am Mittwoch, 2. Mai 2007 mit einer dicken Schlagzeile im Regionalteil:
Belohnung auf 50 000 Euro erhöht

Dieter strich die Seite auf dem Küchentisch glatt, starrte darauf. Seit Donnerstag kaufte er jeden Morgen die „Stimme" in dem nahen Kiosk. Er hatte sie vorher überhaupt nicht beachtet, obgleich sein Schwager in Nordheim ihm immer wieder mal am Telefon von den Kommentaren des Chefredakteurs, eines Dr. Wolfgang Bok, vorschwärmte. „Der sagt's wie's isch!", konnte sein Schwager manchmal sein Lob untermauern. Dieter, überzeugter Gewerkschafter, war politisch anders orientiert, aber gelegentlich ertappte er sich dabei, dass er dem Redakteur zustimmten musste.

In der Reihenhaussiedlung in Kornwestheim, in der Dieter schon seit über vierzig Jahren mit seiner Frau Irmgard wohnte, da kauften die Leute bevorzugt die Ludwigsburger Kreiszeitung. Leser, denen das lokale Geschehen vielleicht weniger wichtig war, kauften eine Zeitung aus der nahen Landeshauptstadt Stuttgart. In Dieters Heimatort fühlt man sich durch die unmittelbare Nachbarschaft mit Ludwigsburg und Stuttgart verbunden, Heilbronn ist da eher nur Provinz, wenn auch eine landschaftlich sehr schöne Provinz, die man gerne mal am Wochenende aufsucht. Auch bei Dieter und Irmgard war es nicht anders. Doch seit ihrem Abschied vom Berufsleben bevorzugten sie es, die Gegend nördlich des Großraums Stuttgart an Wochentagen gelegentlich mit dem Fahrrad zu erkunden,

besonders wenn das Wetter so schön war wie an jenem verhängnisvollen Mittwoch.
„Fünfzigtausend Euro“, murmelte Dieter und schüttelte ungläubig den Kopf. Er musterte das große, bunte Bild, das fast den ganzen oberen Teil der Seite einnahm. Darunter in dicker Schrift: „Polizisten hängen bunte Plakate mit dem Belohnungshinweis im Heilbronner Hauptbahnhof auf. Noch immer hat die Polizei keine heiße Spur“.
Er sah die Plakate genauer an. Links ein weißes Plakat, die Überschrift teilweise durch einen Polizisten verdeckt. Am unteren Teil weiß auf schwarzem Grund: 50 000 Euro Belohnung. Das Bild in der Mitte zeigte die Schrift auf grünem Grund, das rechte Bild auf weinrotem Grund. Aber die unterschiedlichen Hinweise waren in Sprachen verfasst, die er nicht lesen konnte. Keine der fremden Sprachen war Englisch, denn diese war ihm etwas vertraut und er hätte sie erkannt.
Dieter fing an, die Textspalte links von dem Bild zu lesen. Seine Vermutung wurde bestätigt: Es war also die höchste Belohnung, die es in der Kriminalgeschichte des Unterlandes je gab. Aber besonders der nächste Satz ließ in innehalten. 50 000 Euro erhält derjenige, der einen Hinweis geben kann.
„Fünfzigtausend Euro“, murmelte Dieter erneut, „allein schon ein Hinweis.“ Er musste an ihren jüngsten Sohn denken, dessen Studium sie nur mehr schlecht als recht unterstützen konnten. Das gewünschte Auslandssemester, das, so die Aussage des Sohnes, für eine spätere Karriere nützlich wäre, war für sie finanziell nicht machbar.
Dieter blickte auf, sah zum Fenster hinaus. Irmgard hatte ihm erst gestern gesagt, was sie damals in Heilbronn gese-

hen hatte, diesen Mann, dieses Auto, ein Audi 80, so wie sie einen besaßen. Aber sofort hatte sie wieder angefangen zu zittern.

Dieter beugte sich erneut über die Zeitung, überflog den ersten Absatz, fing an den zweiten mit dem Untertitel Plakate in fünf Sprachen zu lesen.

Mit dieser Belohnung im Rücken starteten die Ermittler eine weitere Aktion, um die Öffentlichkeit zu mobilisieren. Mit einem Flyer und Plakaten in deutscher, türkischer, russischer, albanischer und serbokroatischer Sprache suchte die Polizei nach neuen Hinweisen.

Irgendetwas gefiel Dieter an dem Text nicht. Er kam nicht sofort drauf. Dann merkte er, was es war. Es erinnerte ihn an seine ehemalige Tätigkeit als Betriebsrat. Da musste er manchmal gegen Ausländerfeindlichkeit am Arbeitsplatz einschreiten. Warum hat man die Flyer nicht auch wenigstens in der englischen Sprache gedruckt, fragte er sich, es wäre unverfänglicher und damit weniger gegen die Ausländer gerichtet gewesen. Aber so? Mit Irmgard konnte er über dieses Thema nicht diskutieren, seit ihrem schlimmen Erlebnis vor fünf Jahren und der späteren Zeugenaussage vor Gericht.

Dieters Blick fiel auf den rot gedruckten Text, eingezwängt zwischen der ersten und der zweiten Textspalte. Der Heilbronner Soko-Leiter wurde zitiert: „Oft ist der kleinste Hinweis ein wichtiger Mosaikstein bei der Aufklärung der Tat." Irmgards Beobachtung war sicher mehr als nur ein kleiner Hinweis, überlegte sich Dieter. Ach was, die sind doch schon lange über alle Berge, die sind doch schon lange wieder im Osten, war dann sein nächster Gedanke.

Und sofort schämte er sich über seine Verallgemeinerung und diese Vorurteile, gegen die er scheinbar auch nicht immun war. Konnten es nicht auch einfach Deutsche gewesen sein?

Er las weiter. Da war zunächst eine weitere wichtige Information. Unter bestimmten Voraussetzungen könnten Hinweise auch vertraulich behandelt werden. Mal sehen, vielleicht rede ich doch noch mal mit Irmgard, überlegte Dieter und las weiter. Da wurde spekuliert, warum die Täter neben den Dienstwaffen und Ersatzmagazinen von ihren Opfern auch die Handschellen mitgenommen hatten. Als „Entmachtung" und als „rituelle Kastration" wurde von einem angeblichen Kenner diese Vorgehensweise erläutert. Seltsam, dachte Dieter und schüttelte ungläubig den Kopf, da muss man auch erst draufkommen.

Im nächsten Absatz wurde davon berichtet, dass die Sonderkommission „Parkplatz" auf 45 Beamte vergrößert worden sei. Es folgten weitere Spekulationen über die möglichen Täter, die dann umgehend wieder verworfen wurden. Das Heilbronner Rotlichtmilieu wurde erwähnt – Dieter hatte nicht gewusst, dass es in der betulichen Unterlandmetropole so etwas überhaupt gab – auch da rätselte man über Mörder und Motiv. Die Theresienwiese gelte als Umschlagsplatz für Drogen und Dealertreffpunkt, vielleicht wurde da jemand überrascht? Doch nicht am hellen Mittag, da waren doch überall stinknormale Menschen, widersprach Dieter im Gedanken und ging weiter zum nächsten Abschnitt.

„Andere Liga", so im Fettdruck die nächste Einleitung. Über einen möglichen Racheakt der Heilbronner Drogenszene wurden Mutmaßungen angestellt, und im nächsten Satz widersprach sofort der Sprecher einer lokalen Junkie- und Ex-User-Organisation. Die Kleinkriminellen wären dazu gar nicht in der Lage, sie interessiere nur, wo sie ihren Stoff herbekämen. Schließlich wurde sogar von einem angeblichen Szenekenner Vokabular aus der Sportwelt entliehen, die Täter spielen in einer ganz anderen Liga.

„So wird es wohl sein", murmelte Dieter und richtete sich auf. Er blickte zum Fenster hinaus. Seine Augen suchten Irmgard, die bald vom nahen Einkauf zurück sein sollte. Er konnte sie aber nicht entdecken. Plötzlich musste er an den VfB Stuttgart denken, seinen Verein. Sein Gesicht nahm einen glücklichen Ausdruck an. Die werden dieses Jahr ... er zögerte, den Gedanken zu Ende zu führen. Das bringt Unglück. Dann entdeckte er Irmgard auf der anderen Straßenseite. „Die werden Meister", murmelte er geistesabwesend und versteckte die Zeitung in einem Fach unter dem Polster der Sitzbank.

Dieter blieb mitten in der Küche stehen. Er hörte, wie Irmgard das Gartentor öffnete und hinter sich ins Schloss fallen ließ, dann hantierte sie am Briefkasten. Die Haustür öffnete sie nahezu lautlos und sie stand auch gleich darauf in der Küche, in der linken Hand eine nur mäßig gefüllte Einkaufstasche. Zwischen Daumen und Zeigefinger hatte sie einen Brief geklemmt. Sie stellte die Tasche auf einem Stuhl ab, blickte ihn etwas verwundert an. „Ist was?", fragte sie, wandte sich dann aber sofort um, nahm einen Brieföffner von einem Regal und schlitzte das Kuvert auf.

„Nö, was soll denn sein?"

„Ich weiß nicht", entgegnete Irmgard, „irgendwie, wie du dastehst und dreinschaust, dachte halt ..."

Dieter verneinte, schüttelte den Kopf, aber Irmgard achtete schon nicht mehr auf ihn. Sie setzte sich auf einen Stuhl, zog das zusammengefaltete Blatt aus dem Umschlag, faltete es auseinander und strich es sorgfältig auf dem Tisch glatt.
„Von Andreas", sagte sie, ohne aufzublicken. Ihre Stimme klang plötzlich warm und sanft und sie begann zu lesen.
Dieter beobachtete sie schweigend.
Nach einigen Minuten blickte Irmgard auf, reichte ihrem Mann das Schreiben. „Er schreibt, er war auf der Bank", fügte sie hinzu.
„Bank? Warum?", fragte Dieter, nahm zögernd den Brief entgegen.
„Ja, ein Auslandssemester wäre halt wichtig. Er meint, damit hätte er später viel bessere Chancen bei der Stellensuche."
„Er wird doch bloß Lehrer", entgegnete Dieter, schüttelte voller Unverständnis den Kopf.
„Ja schon, aber halt bei Sprachen."
„Schon, schon", brummte Dieter, „der hat doch schon die halbe Welt bereist, war zwei Monate in Australien."
„Aber ein Studium ist eben etwas anderes", stellte seine Frau mit Nachdruck fest, „könnten wir vielleicht doch?"
Dieter kniff die Lippen zusammen, schüttelte widerwillig den Kopf. „Nein, wir haben noch zwei Kinder, außerdem baut die Michaela jetzt gerade."
„Ich weiß", stimmt ihm seine Frau zu, „aber vielleicht sollten wir es doch mal durchrechnen." Ihre Stimme klang traurig.
Dieter sagte nichts, blickte nachdenklich drein, zuckte dann etwas hilflos die Schultern. Irmgard musterte ihn

und war schon zufrieden, dass er zusätzliche Ausgaben für Andreas nicht mehr rundweg ablehnte, dass er sich die Angelegenheit wohl doch überlegte. Dieters Blick fiel wieder auf die Eckbank, wo er in einer Schublade die Heilbronner Stimme verstaut hatte. Sollte er Irmgard jetzt noch mal darauf ansprechen, auffordern, zur Polizei zu gehen, dort eine Aussage zu machen, von dem was sie gesehen hatte? Sie glaubte schließlich eine gute Beschreibung von einem Mann und einem Fahrzeug machen zu können. Möglicherweise war sie einem der Männer schon mal begegnet. Fünfzigtausend Euro Belohnung, das war ein Wort, sagte er sich. Die Zahl ging ihm nicht aus dem Kopf.

„Trinkst du auch noch 'ne Tasse Tee mit?", hört er plötzlich Irmgards Stimme. Sie hatte ihm den Rücken zugewendet, öffnete gerade einen der Einbauschränke. Ihre Stimme klang so gelassen und vertraut.

„Ja, bitte", entgegnete er rasch, plötzlich aus seinen Gedanken gerissen.

Kapitel 16

„Kannst du es mir übersetzen? Hat etwas mit Polizei zu tun“, bat Alexander seine Frau und deutete auf einen Bericht auf der ersten Seite der Heilbronner Stimme. Ella beugte sich über den Artikel. In ihrer langsamen und sorgfältigen Art las sie die eher etwas bescheidene Schlagzeile: „Polizei jagt Mörder mit Rekordbelohnung“. Rechts davon ein kleines Bild, auf dem ein Polizist, der gerade ein Plakat an einer Glaswand befestigte, abgebildet war.
„Rekordbelohnung? Geld?“, wollte Alexander wissen. Ella nickte, musterte aufmerksam den Text unter dem Bild. „Ja“, sagte sie endlich, „es heißt 50 000 Euro Belohnung.“ Dann konzentrierte sie sich wieder auf den Text.
„Les laut!“, forderte sie Alexander auf. Ella warf ihm einen unsicheren Blick zu, dann begann sie langsam und laut zu lesen: „Mit einer Rekordbelohnung macht die Heilbronner Polizei nun Jagd auf die Polizistenmörder und hofft auf mögliche Hinweise auch aus dem Dunstkreis der Täter: Auf 50 000 Euro ist die Belohnung mittlerweile aufgestockt, die für Hinweise gezahlt werden, die zur Ergreifung der Täter führen.“
Ella hielt plötzlich inne. Man konnte hören, dass die Wohnungstür geöffnet wurde. „Ich glaube, das ist Mutti“, sagte sie. Da waren einige Geräusche auf dem Gang und gleich darauf betrat Ellas Mutter, Oma Irene, den Raum und begrüßte zunächst ihre Tochter sehr herzlich mit Umarmung und Küsschen, für den Schwiegersohn gab es nur eine flüchtige Berührung der Wangen. Wie selbstverständlich ging sie dann in die Küche, hantierte mit dem Geschirr

und machte sich eine Tasse Tee, nebenbei berichtete sie ihrer Tochter über die angekündigten Sonderangebote bei Aldi und Lidl.

Alexander bedeutete seiner Frau mit einem Fingerzeig auf die Titelseite der „Stimme“, was ihn interessierte. Ella nickte.

„Mutti, kannst du dich mal zu uns setzen?“, bat sie ihre Mutter.

„Natürlich, Kindchen, ich bin gleich da, was gibt es denn?“

„Mutti, da ist ein Bericht in der Zeitung, kannst du ihn mal lesen und für Alexander übersetzen?“, erkundigte sich Ella.

„Natürlich, Kindchen, aber du kannst doch schon sehr gut Deutsch!“, entgegnete die Mutter. Eine gute Portion Stolz klang in ihrer Stimme mit.

„Ja, schon“, stimmte ihr die Tochter zu. Es klang aber nicht sehr überzeugend, „was heißt denn aufgestockt?“

„Aufgestockt?“, wiederholte die Mutter verblüfft. Und nach einer kurzen Pause: „Du kennst doch Stockbetten? Oder erster Stock? Na, man stockt halt da noch drauf. Man geht nach oben.“

„Aha. So etwas dachte ich auch. Und Dunstkreis?“

„Dunstkreis? Du musst keine so blöden Berichte lesen“, tadelte die Mutter.

Wieder entstand eine kleine Pause, in der die Mutter ihren Tee aufbrühte und sich dann an den Tisch setzte. Wortlos schoben ihr Tochter und Schwiegersohn gemeinsam die Tageszeitung zu, deuteten auf die Schlagzeile. Sie beugte sich über den Bericht, las ihn leise murmelnd, blickte mal kurz erstaunt auf, um dann mit offensichtlich gesteigertem Inter-

esse den Artikel weiterzulesen. Ella und Alexander beobachteten sie schweigend. Endlich war Oma Irene am Ende des Berichts, sie blickte auf und musterte Alexander streng.
„Was ist, Oma Irene?“, fragte er unsicher und erwiderte ihren Blick.
„Du warst dort auf der Theresienwiese, Alexander, du kannst dir 50 000 Euro Belohnung verdienen!“, erklärte sie mit Nachdruck.
„Ich bin zu früh weg, ich habe nichts gesehen, der Herr Direktor, Herr Bachmeier, der war länger dort“, erläuterte Alexander.
„Natürlich hast du etwas gesehen“, widersprach ihm seine Schwiegermutter, „man sieht immer etwas, denk darüber nach!“
Alexander schüttelte den Kopf. „Nein.“
„Sag nicht nein! Denk darüber nach“, befahl sie ihm erneut, „Man sieht immer etwas! Was für Autos hast du gesehen? Du schaust doch immer Autos an! Hast du kein Russisch gehört? Waren da keine Männer aus Osteuropa?“
„Nein!“, erwiderte Alexander erneut mit lauter Stimme und schüttelte verärgert den Kopf. Er lehnte sich über den Tisch und starrte seine Schwiegermutter empört an. „Da waren keine Russen und Leute aus Osteuropa. Das meinst du doch? Vielleicht waren Deutsche die Täter? Immer müssen wir Ausländer es sein“, schrie er seine Schwiegermutter an und starrte ihr ins Gesicht.
Oma Irene erschrak, wich etwas zurück. „Entschuldige, mein Junge“, sagte sie versöhnlich, „ich dacht halt so und 50 000 Euro ist so viel Geld.“
„Ja, wir können in Ruhe darüber sprechen“, mischte sich

nun Ella ein, „Alexander wird darüber nachdenken und wenn ihm etwas einfällt. Gell, wenn dir etwas einfällt?“ Sie tätschelte seinen Unterarm, warf ihm einen zärtlichen Blick zu, den er dankbar mit einem kleinen Lächeln erwiderte.
„Ich würde ja zur Polizei gehen, einfach sagen, was ich gesehen habe“, erklärte er nach einer kleinen Pause, „da war Direktor Bachmeier.“
„Der doch nicht!“, unterbrach ihn Oma Irene.
„Ja, und dann waren da noch andere Leute“, fuhr Alexander fort, „da waren auch Zigeuner.“
„Was für andere Leute? Zigeuner und, wer noch? Du musst sie näher beschreiben, mein Junge“, forderte Oma Irene, die plötzlich wieder Hoffnung schöpfte.
„Vielleicht Schüler? Deutsche? Ich weiß es nicht so genau“, verteidigte sich Alexander. „Außerdem“, fuhr er bedrückt fort, „wenn ich zur Polizei gehe, die behalten mich sofort. Ich bin Russe und die behaupten ja, es waren Osteuropäer.“
„Ja, mein Junge“, tröstete ihn seine Schwiegermutter, „manche der Deutschen sind nicht sehr nett, manche halten sogar mich für eine Russin!“
Sie nahm einen Bleistift und ein Blatt Papier, blickte Alexander erwartungsvoll an und forderte ihn freundlich, fast liebevoll auf, einfach mal zu erzählen, wie das denn so war, letzten Mittwoch, so ungefähr um vierzehn Uhr auf der Theresienwiese. Was und wen hatte er gesehen? Alexander begann nun doch zu erzählen. Bald benötigte Oma Irene noch ein zweites Blatt. Aber ein Audi 80 tauchte in Alexanders Beobachtungen nicht auf.
Oma Irene legte den Bleistift zurück auf den Tisch und sah Alexander voller Anerkennung an. „Du hast doch sehr viel

gesehen, Alexander, stell dir vor, deine Informationen würden helfen, die Mörder zu finden."

Alexander schüttelte bekümmert den Kopf. „Andere haben das auch gesehen. Und ich bin zu früh gegangen, leider", erklärte er und fuhr dann fort, „da ist doch auch der verletzte Polizist. Wird der wieder gesund? Kann der bald aussagen?"

Diesmal war es an Oma Irene, bekümmert den Kopf zu schütteln. „Bei so einer Verletzung bestimmt nicht. Das kann ich mir nicht vorstellen. Wenn er überhaupt überlebt. Das wäre ein Wunder."

„In welchem Krankenhaus liegt er denn?", fragte Alexander. Er sprach sehr leise, so sehr bemühte er sich, seiner Stimme einen möglichst bedrückten Tonfall zu geben und sein Interesse zu verheimlichen.

„Ich weiß es nicht, mein Junge."

„Wir sollten es herausfinden, dann könnte man ihm auch Blumen schicken", erklärte Alexander.

„Ja, ein guter Vorschlag! Du hast so viel Mitgefühl! Ja, das müssen wir herausfinden!", rief Ella überrascht aus und streichelte ihrem Mann zärtlich über die Wange.

Kapitel 17

Am Dienstagmorgen bin ich dann mit dem Bus nach Timisoara gefahren. Ich meldete mich sofort bei der Polizei. Eine geschlagene Stunde musste ich warten, dann wurde ich endlich in einen Raum geführt. Hinter einem Tisch saß der Polizeichef vom Tag zuvor. Da waren noch zwei weitere Männer im Raum, aber nur einer von ihnen trug ebenfalls eine Polizeiuniform. Ich muss sagen, der Alte war sogar recht freundlich, er stand tatsächlich auf, begrüßte mich fast wie eine gute Bekannte, bot mir Platz an. Er unterhielt sich mit mir ganz normal, fragte nach meiner Mutter und ob mir vielleicht doch etwas – „du weißt schon" – eingefallen wäre. Da sagte ich halt, so ein wenig, wenn ich den Mann vielleicht sehen könnte oder wenigstens ein Bild von ihm. Meine Antwort schien ihm zu gefallen. Nachher, sagte er, aber nun müsse man zuerst meine Fingerabdrücke nehmen.

Einer der Männer, der ohne Uniform, es war ein richtig gut aussehender Typ in Jeans und Polohemd, etwa in meinem Alter, nahm zunächst jeden meiner Finger einzeln, drückte ihn auf die feuchte Unterlage und machte einen Abdruck. Klingt komisch, aber es gefiel mir, wie er fast zärtlich meine Finger nahm und drückte. Ich wünschte beinahe, er hätte von meinen Zehen ebenfalls Abdrücke gemacht! Nachdem er alle Abdrücke hatte, verließ er mit seinen Unterlagen den Raum.

Ich wusch mir die Hände, da forderte mich der Alte – immer noch recht freundlich – auf, Platz zu nehmen und mir einige Bilder anzuschauen. Ich setzte mich an den

Tisch. Ich wusste, ich musste mir nun die Bilder anschauen und einen Mann als möglichen Täter identifizieren, komme was wolle. Irgendwie machte mir das Theater plötzlich Spaß, aber ich durfte mir ja nichts anmerken lassen und musste immer auf der Hut sein.

Das erste Bild zeigte einen Mann so Mitte zwanzig, er sah wie ein Zigeuner aus. Ich musterte ihn sehr genau und sorgfältig. Da fiel mir auf, er stand vor einem weinroten Auto. Ich konnte das Auto nicht vollständig sehen und erkennen, aber es sah aus wie ein Lada. Beinahe hätte ich gesagt, dass es der war, aber zum Glück hielt ich den Mund und fragte lediglich nach dem nächsten Bild. Diesmal war es ein etwas älterer Bursche. Der abgebildete Mann sah aus wie vielleicht der alte Polizist vor zwanzig Jahren ausgesehen haben mochte! Ich blickte zu dem Polizisten auf. Der dachte wohl, ich hätte den Fahrer gefunden und blickte mich fragend an, aber ich schüttelte verneinend den Kopf. Das dritte Bild zeigte auch wieder so einen Durchschnittsmann mittleren Alters, dunkle Augen, schwarze Haare, im Hintergrund eine Hauswand. Ich schob es zur Seite.

Das vierte und letzte Bild zeigte zweifellos den ältesten der vier Männer, bestimmt schon fünfzig, Geheimratsecken, das dunkle Haar schon mächtig ergraut. Und auch der stand vor einem Auto. Es sah ebenfalls aus wie ein dunkelroter Lada. Ich musterte nochmals das erste Bild. Wenn Petr tatsächlich aus Eifersucht umgebracht worden war (in diesem Moment glaubte ich es wohl selbst!) dann bestimmt nicht von einem jungen, hübschen Mann! Der hatte einen Alten wie Petr bestimmt nicht zu fürchten.

„Ich glaube, ich bin mir nicht sicher, aber wenn, der könnte es gewesen sein“, sagte ich und deutete auf das vierte Bild.
Auf dem Gesicht des Polizisten breitete sich ein breites Lächeln aus. Er warf seinem Kollegen einen zufriedenen Blick zu. Der junge Polizist lächelte auch zurück. Ganz offensichtlich waren sie mit mir zufrieden. „Du hast uns bestimmt geholfen“, sagte der Chef anerkennend, „du kannst jetzt gehen. Und wenn dir noch etwas einfallen sollte, einfach anrufen.“
„Mache ich, mach ich“, beteuerte ich. Es war kurz nach elf Uhr, als ich die Polizeiwache verließ. Schönes Wetter, ich fühlte mich wie befreit und bummelte einfach in der Innenstadt umher. An einem Kiosk kaufte ich mir eine Tageszeitung, ging dann in ein kleines Speiselokal und bestellte mir ein Mittagessen und eine Cola. Während ich auf das Essen wartete, las ich in der Zeitung. Wie erwartet wurde über den Mord an diesem Petr berichtet, auch dass der Verdächtige G. S. in Untersuchungshaft sitze. Als mögliches Tatmotiv gelte Eifersucht, da das Opfer sich angeblich in der Vergangenheit mehrmals mit der Frau von G. S. getroffen habe. Der Verdächtige G. S. sei auch schon früher durch Gewalttätigkeiten aufgefallen, gegenüber Nachbarn und besonders gegenüber seiner Frau und Tochter. Gerüchteweise musste sie in der Vergangenheit deshalb schon ärztliche Hilfe in Anspruch nehmen.
Beim Lesen bekam ich auf diesen G. S. eine richtige Wut! Das kenne ich ja, alle ahnen es, aber niemand möchte es genau wissen. Na, wenn das nicht alles passt, sagte ich mir. Mit so einem Mann kann ich kein Mitleid haben. Den

können sie von mir aus einsperren bis zum St. Nimmerleinstag!
Ich suchte in der Zeitung auch nach Nachrichten aus Deutschland, aber da war lediglich ein kleiner Bericht im Sportteil. Da stand etwas von einem rumänischen Nationalspieler, der möglicherweise nach Stuttgart wechsle. Ja, wir Rumänen haben halt gute Sportler, die sind überall gern gesehen, Handball, Fußball usw. Aber darüber, was mich von Deutschland interessierte, davon stand nichts drin. Es würde mich auch nicht wundern, wenn sie, ähnlich wie bei dem Mord an Petr, für die toten Polizisten in Heilbronn auch schon Verdächtige gefunden haben. Von mir aus.
Nach dem Aufenthalt in dem Lokal bummelte ich durch die Innenstadt, ging in ein neues Kaufhaus, das das letzte Mal noch nicht eröffnet hatte. Das ist bestimmt so schön wie die im Westen! Später setzte ich mich eine Weile in ein Café und nahm danach einen Bus in unser Dorf. Als ich aus dem Bus ausstieg, stand schon Camelia da und begrüßte mich. War das schön! Wir setzten uns noch für 'ne Weile auf eine Bank in dem kleinen Park hinter der Schule und hatten uns viel zu erzählen.
Als ich nach Hause kam, wer war da? Mein Onkel Adrian! Das gefiel mir ja nicht besonders. Immerhin, er hatte offensichtlich einige notwendige Arbeiten erledigt, nämlich das Dach des Stalls repariert. Er war häufig am späten Nachmittag für einige Zeit gekommen. Er blieb bis zum Nachtessen, aber ich merkte, Camelia wich mir nicht von der Seite. Ich spürte, sie braucht mich. Aber sie hat sich bei mir ja nie beklagt, dass Adrian irgendwie zu aufdringlich geworden wäre. Ich hoffe mal nicht! Sonst muss ich was

machen. Ich mache es aber ungern, man geht doch immer ein Risiko ein, wenn man jemand umbringt.
Leider machte Mutter zeitweise wieder einen verwirrten Eindruck. Sie war zuerst erstaunt, dass ich überhaupt da war. Aber nachdem Adrian sich verabschiedet hatte, saßen wir dann den ganzen Abend zusammen, tranken Wein und ich musste ihr von Deutschland erzählen. Die Kinder saßen vor dem Fernseher, bis ich sie dann so nacheinander zu Bett brachte. Bald darauf gingen wir schlafen.
Komisch, als ich am nächsten Morgen aufwachte, da war mein erster Gedanke die Beerdigung. Aber nur ganz kurz, das war beinahe so, wie wenn ich mit der Sache überhaupt nichts zu tun hätte. Wir frühstückten zusammen, dann mussten Camelia und Cilia in die Schule. Ich kümmerte mich um die kleine Cynthia, half Mutter mit der Arbeit im Haus und im Stall. Bald hatte ich das Gefühl, als ob ich nie weg gewesen wäre. So kann es bleiben, wünschte ich mir. Aber der Tag hatte doch noch eine Überraschung bereit. Es war spät am Nachmittag. Plötzlich fuhr ein Mercedes mit einer österreichischen Nummer auf unseren Hof. Ich wusste sofort, wer das nur sein konnte. Mein erster Gedanke war, eine der Pistolen aus dem Versteck zu holen. Dazu hätte ich aber zu viel Zeit benötigt. Außerdem, der Fahrer hatte mich schon gesehen, wir hatten Blickkontakt zueinander. Ich konnte nicht mehr davonrennen, ohne mich verdächtig zu machen. Da waren auch meine Mädels vor dem Haus, gingen sofort voller Neugierde auf das Auto zu. Komisch, ausgerechnet meine Kinder gaben mir ein Gefühl der Sicherheit. Ich ging langsamen Schrittes auf das Auto zu. Der Fremde stellte den Motor ab, stieg

aus. Er sah nicht unfreundlich aus. Etwas jünger als ich und auch etwas kleiner.
„Guten Tag“, sagte er. Seine Stimme klang unsicher, was mir recht war.
„Guten Tag“, entgegnete ich, „was führt Sie zu uns?“ Ich kann ja sehr höflich sein.
„Mein Name ist Anton, Anton Cartescu. Ich bin der Sohn, Sie wissen vielleicht, mein Vater wurde ermordet“, erklärte er.
„Ja, ich habe davon gehört. Das tut mir sehr leid.“
„Danke, äh ... “, erwiderte er, dann blickte er mich unendlich lange an. Ich bemerkte, wie seine grauen Augen feucht wurden. Endlich blickte er auf die Seite. Er zog ein Taschentuch aus seiner Hose, tat, als müsse er sich den Schweiß von der Stirn wischen, aber es waren seine Augen, aus denen er die Tränen wischen musste. Er nahm einen erneuten Anlauf.
„Ich muss heute wieder nach Österreich zurückfahren“, fuhr er fort, „ich habe gehört, dass Sie vielleicht zur gleichen Zeit wie mein Vater auf der Straße nach Timisoara unterwegs waren, da wollte ich halt mal mit Ihnen sprechen.“
„Stimmt nicht ganz, ich war wohl früher“, entgegnete ich, „aber die Polizei wollte auch alles von mir wissen.“
„Man weiß es nicht so genau. Vielleicht haben Sie meinen Vater doch gesehen? Ich würde so gerne mit jemand sprechen, der ihn noch gesehen oder vielleicht gesprochen hat“, erläuterte er.
Da tat er mir richtig leid. Ich schüttelte den Kopf und erklärte ihm erneut, warum nicht. Die Mädels, die zuerst das Auto angeschaut hatten, standen nun schweigend und

ganz dicht neben mir. „Camelia, geht bitte ins Haus zur Oma“, sagte ich, und sie folgten sofort.
Anton blickte ihnen nach, den Mund fest zusammengepresst. „Nette Mädels“, sagte er nach einiger Zeit.
Ich nickte. „Ja, sie sind mein Ein und Alles.“
„Das kann ich verstehen“, entgegnete er, „habe auch zwei Mädchen.“
„Ach, wie schön.“
„Sie sind aber bei der Mutter, bin geschieden“, erklärte er tieftraurig. Der Mann tat mir richtig leid. Aber ich wusste nicht richtig, was ich sagen sollte. Sollte ich ihm etwas anbieten? Aber ich wollte auch nicht mehr als unbedingt notwendig mit ihm reden.
„Habe gehört, Sie arbeiten auch im Westen?“, fuhr er nach einer kleinen Pause fort.
„Ja, in Deutschland, Erntehelferin, Reinigung, was so kommt“, erläuterte ich. So viel hätte ich gar nicht sagen sollen, denn er blickte mich irgendwie überrascht an.
„Ach so. Erntehelferin? Wieso sind Sie dann letzte Woche gekommen?“, wunderte er sich.
„Meine älteste Tochter war im Krankenhaus. Aber der Mutter Gottes sei Dank, sie ist wieder gesund.“
Er nickte zunächst zustimmend, dann schüttelte er wieder den Kopf.
„Kann das mit meinem Vater immer noch nicht verstehen, gestohlen wurde ja nichts“, erklärte er.
„War bei meinem Vater nicht anders, er wurde vor über zehn Jahren nicht weit von hier ermordet, erschlagen. Den Mörder fand man nie“, erwiderte ich. Er blickte mich überrascht an.

„Ach was? Ja, jetzt wo Sie es sagen. Ich glaube, ich habe damals davon gehört“, entgegnete er und blickte gedankenversunken an mir vorbei.
„Bist du dann in den Westen zur Arbeit?“ Wie selbstverständlich wechselte er zum „Du“.
„Ja, das war auch ein Grund. Wir brauchten das Geld.“
Er nickte zustimmend. „Aber als Erntehelferin verdient man doch nicht viel“, wandte er ein.
„Ich bin zufrieden. Man macht, was man bekommt. Manchmal auch andere Dinge“, fügte ich noch bewusst zweideutig hinzu.
Er blickte mich überrascht an. Ich spürte förmlich, wie seine Augen prüfend über mein Gesicht, meine Figur glitten. Er schien unsicher, was er von mir halten sollte. An Einbruch dachte er wohl nicht. Aber schließlich bin ich auch nicht so hässlich, dass überhaupt keine Männer mit mir wollen. Irgendwo müssen meine Mädels ja herkommen!
„Wie waren bei dir die Kontrollen an der Grenze?“
Die Frage überraschte mich. „Normal, wie immer. Wieso fragst du?“
„Da war doch zur selben Zeit der Anschlag auf die deutschen Polizisten. Bei uns haben sie deshalb streng kontrolliert. Du hast doch davon gehört?“, fügte er hinzu.
Mir gefiel nicht, wie er mich dabei so neugierig und fragend anstarrte. Wollte er mich ausfragen, bei einer Lüge ertappen? „Im Bus wurde darüber gesprochen. Ich kann ja nicht so gut Deutsch“, erklärte ich.
Er nickte zustimmend, stand dann wieder schweigend da.
„Ja, dann muss ich wohl ...“, sagte er endlich.

„Ja, du hast ja noch nen langen Weg vor dir. Warte, ich hol dir noch etwas zu trinken“, bot ich ihm nun doch an und er nickte dankbar.

Ich ging ins Haus und kam mit einem Glas Apfelsaft zurück. Er nahm es, bedankte sich und leerte das Glas in kleinen Schlücken. Er schien keine Eile zu haben. Wir unterhielten uns noch über allgemeine Dinge. Endlich gab er mir das leere Glas zurück und verabschiedete sich. Wir schüttelten uns sogar die Hände. Ich blieb auf dem Hof stehen, sah ihm zu, wie er sein Auto wendete und auf dem Weg, den er gekommen war, zurückfuhr, bis der schöne Mercedes in einer Staubwolke hinter der nächsten Kurve verschwand. Das Gespräch mit ihm beschäftigte mich. Er interessierte sich für mich, er ging auch ungern, aber warum? Ich war mir nicht sicher, wie ich ihn einschätzen sollte. Suchte er einfach Trost nach dem Verlust des Vaters oder misstraute er mir? Außerdem, er war geschieden und vermutlich ohne Frau. Suchte er eine? War das der Grund?

Kapitel 18

Es war Donnerstagmorgen. Studiendirektor Bachmeier war heute wieder mal früher dran als üblich. Kurz nach sechs Uhr fuhr er in die Tiefgarage ein. Er wusste, in der heutigen Ausgabe der Zeitung war die Seite mit den Immobilien, die wollte er in Ruhe lesen, ungestört von nervigen Lehrern oder empörten Schülern, die sich von bestimmten Lehrern schlecht behandelt fühlten.
Er parkte seinen Mercedes auf dem für ihn reservierten Platz, stieg aus, schritt zum nur wenige Meter entfernten Aufzug und drückte auf den Knopf. Er lauschte auf das Knacken und leise Rumpeln, mit dem sich der Lift in Bewegung setzte. Es dauerte, dann endlich war die Kabine vor ihm und öffnete sich mit einem leisen Zischen. Er machte einen Schritt vorwärts, drehte sich um, dabei fiel sein Blick auf die Tiefgaragenausfahrt. An die Betonwand gedrängt konnte er eine dunkle Gestalt erkennen. Es sah aus wie ein schlanker Mann, über die untere Gesichtshälfte hatte er ein schwarz und weiß gemustertes Palästinensertuch gezogen, die Augen hinter einer getönten Brille. Aber auch so konnte Bachmeier erkennen, dass die Person ihn anstarrte. Für einen Moment erschrak er, aber da schloss sich auch schon die Tür des Aufzugs, beförderte ihn sanft nach oben.
Als Bachmeier einen Stock höher den Aufzug verließ, blieb er kurz stehen und überlegte, ob er sich über das Treppenhaus wieder nach unten begeben sollte. Schließlich war er groß und kräftig und er wusste um sein entschiedenes Auftreten. Er entschied sich dagegen, es war letztendlich Sache des Hausmeisters oder der Polizei, sich um schul-

fremde Personen zu kümmern, besonders wenn sie so verdächtig aussahen. Er ging in sein Büro.

Im Sekretariat holte sich Bachmeier die Zeitungen, die der Hausmeister dort bereits aufgelegt hatte und setzte sich an seinen Schreibtisch. Entgegen seiner Absicht faltete er heute zuerst die „Stimme“ auseinander. Ein Hinweis auf der Titelseite hatte sein Interesse geweckt, im lokalen Teil fand er den vollständigen Bericht:

Für Hinweise zu den Mördern liegen jetzt 100 000 Euro bereit. Der Untertitel gab weitere Hinweise: Unternehmen aus dem Unterland verdoppelt bisherige Belohnung um weitere 50 000 Euro – Überlebender Polizist wird bewacht.

Bachmeier formte seine Lippen zu einem leisen Pfiff. Er starrte auf den Bericht, gleichzeitig hob er das Telefon ab und wählte die Nummer des Hausmeisters.

„Ja, Bucher“, erklang eine weibliche Stimme am anderen Ende der Leitung.

„Ach Sie sind’s, Herr Bachmeier. Guten Morgen, Frau Bucher, Ihr Mann in der Nähe?“

„Guta Morga, Herr Bachmeier, nein. Der isch grad in den dritten Stock hoch, da isch was mit der Lehrertoilette. Diese Lehrer ...“

Er fiel ihr ins Wort. „Aha, dann sag ich es Ihnen. Als ich in die Tiefgarage einfuhr, da sah ich ’ne Person, sah aus wie ein Schulfremder.“

„Ich schau glei mal, da treibt sich immer wieder so Lumpenpack ’rum“, erklang Frau Buchers Stimme voller Elan und Unternehmungslust.

„Ja, machen Sie das mal. Und wenn’s Probleme gibt, die Polizei rufen!“

„Ich bin noch mit jedem fertich worda!“, versicherte Frau Bucher.
Das kann ich mir vorstellen, fuhr es Bachmeier durch den Kopf. Aber diese Person in der Tiefgarage war nicht irgendein Streuner, er sah anders, gefährlicher aus. Wer vermummt sich schon? Doch das behalte ich mal für mich, dachte er und erwiderte, wie es von einem besorgten Schulleiter erwartet wird: „Vielen Dank, Frau Bucher, aber seien Sie bitte vorsichtig.“
„Ich vorsichtich? Sie kenna mich ja!“
Weil unsichtbar für sie, verzog Bachmeier sein Gesicht zu einer abwertenden Grimasse. „Und ob!“
„Das mein ich doch ah“, erwiderte Frau Bucher zufrieden und legte auf. Selbst über das Telefon verriet ihre Stimme einen unverkennbaren Tatendurst, was Bachmeier zu dieser frühen Stunde besonders nervte. Er schüttelte den Kopf, dann widmete er sich wieder seiner Lektüre. Bachmeier überflog den Text ziemlich schnell, bis er zu der Information kam, der sein besonderes Interesse galt. Sorgfältig und langsam las er den Text. Gegen 7.45 Uhr meldete sich am Mittwoch ein nicht näher benannter Unternehmenssprecher bei der Polizei und verdoppelte die ausgesetzte Belohnung auf 100 000 Euro.
Bachmeier blickte voller Bewunderung auf die Zahl mit den vielen Nullen. „So eine Summe! Das gab es bestimmt noch nie“, murmelte er. Und tatsächlich wurde mit einer ähnlichen Aussage auch die Polizei zitiert: „Mit Abstand höchste Belohnung in Heilbronn.“
Er blickte auf die Uhr. Viel Zeit blieb ihm nicht mehr. Bald würde der Schulbetrieb mit – so wie er es mit zunehmen-

dem Alter empfand – all seinem Lärm und seinen Störungen seinen Anfang nehmen. Er musste sich beeilen und las weiter.
Da war von „über 500 eingegangenen Hinweisen“ die Rede und dass „noch immer keine heiße Spur dabei sei. Keine Hinweise auf Autokennzeichen von Verdächtigen, keine detaillierten Personenbeschreibungen – wir können kein Phantombild anfertigen, sagt der Polizeisprecher.“ Bachmeier blickte auf das schmale Bild in der Mitte des Berichts, es zeigte einen Polizeibeamten beim Verteilen von Flugblättern.
Plötzlich klopfte es leise an der Tür, die vom Sekretariat in sein Büro führte. Er blickte auf. „Ja, bitte.“
Die Tür öffnete sich langsam und Sabine Dietz streckte den Kopf herein. „Guten Morgen, Herr Bachmeier“, sagte sie laut und deutlich.
„Guten Morgen, Frau Dietz“, entgegnete er nicht weniger laut und deutlich, „Kommen Sie doch bitte einen Augenblick.“
Sabine Dietz trat vollends in den Raum und schloss die Tür hinter sich.
„Du bist heute früh dran, Sabine“, stellte Bachmeier fest.
„Ach, ein paar Minuten, ich bin aber nicht die Erste“, schränkte sie sofort ein und deutete mit dem Daumen über ihre rechte Schulter in Richtung des Sekretariats.
„Was? Die so pünktlich?“
Bachmeier betonte das „die“ und seine Stimme klang mehr nach Kritik als Lob. Sabine Dietz trat neben ihn und blickte auf die aufgeschlagene Zeitung.
„Ja, das habe ich heute früh auch gleich überflogen“, erklärte sie und beugte sich vor, ihr Kopf war neben dem

von Bachmeier. Aber er schien ihr nicht mehr zuzuhören, sondern richtete sich auf, roch an ihrem Haar und atmete tief ein. Sabine Dietz zog sich etwas zurück.
„Nicht doch", tadelte sie, „es muss vorbei sein. – War der Pflaum jetzt bei der Polizei?", fügte sie nach einer kleinen Pause hinzu.
„Nicht dass ich wüsste", entgegnete Bachmeier. „Ich glaube, er hat tatsächlich auch nicht mehr gesehen als wir – und dann, wenn er als Ausländer zur Polizei geht: Ich kann seine Angst verstehen."
„So einen ängstlichen Eindruck macht der doch gar nicht", widersprach Sabine Dietz, „und außerdem, ich habe da volles Vertrauen in unsere Polizei."
„Das sagen wir. Aber so ein Ausländer, der öfter von Einheimischen dumm angemacht wird, wird auch schon mal von der Polizei frech behandelt", gab Bachmeier zu bedenken. Er schüttelte besorgt den Kopf. „Übrigens", fuhr er fort, „heute, nach der Einfahrt in die Tiefgarage, da sah ich so 'ne Person, dunkle Brille, maskiert. Ich dachte gleich an die Neonazis an unserer Schule. Sah beinahe aus, als ob er mir auflauerte!"
„Komisch, nöö, so früh stehen die nicht auf. Und außerdem sind das ja nur die drei Hansel", widersprach Sabine Dietz und bewegte nachdenklich den Kopf hin und her.
„Nur drei Hansel!", empörte sich Bachmeier, „nur drei, die wir kennen! Wer weiß. Aber rufe doch nachher mal den Hausmeister an, ob ihm sonst noch etwas aufgefallen ist. Die Frau Bucher habe ich bereits informiert."
„Ach ja? Mach ich. Du meinst der Typ war richtig maskiert?"

„Ja genau!"
„Das ist ja schon mehr als nur komisch", erwiderte Sabine Dietz nachdenklich und strich dabei geistesabwesend Bachmeier über den Hinterhopf, kraulte sein Nackenhaar. Plötzlich bemerkte sie, was sie da machte und hielt sofort inne.
„Maskiert? Das hört sich gefährlich an", fügte sie hinzu, „soll ich vielleicht lieber die Polizei ...?"
„Nein. Sprich nur mit dem Bucher."
„Gut. Und noch etwas. Hast du mal mit deinem, äh, dem Mathias gesprochen, wegen mir?", wollte Sabine Dietz wissen.
Bachmeier blickte sie kurz an, schüttelte den Kopf. „Nein, noch keine Gelegenheit", entgegnete er wenig überzeugend, „aber Hauptsache, du hast es ihm gesagt."
„Das hab ich. Ich bin und bleibe verheiratet! Er soll sich da keine Hoffnungen machen. Du musst es ihm auch erklären, bitte! Und ich kümmere mich gleich um die Sache heute früh, spreche mit dem Bucher persönlich."
Das plötzlich einsetzende Klingeln markierte den Beginn der ersten Unterrichtsstunde. Der Lärm auf dem Gebäudegang vor dem Sekretariat und dem Büro des Schulleiters schwoll an. Sabine Dietz wandte sich zum Gehen. Bachmeiers Blicke begleiteten sie bei ihrem Abgang. Eine liebe Gewohnheit ändert man nicht so schnell.

Kapitel 19

Als Alexander aus dem Bad trat, stand Oma Irene sofort auf, holte die Teekanne und schenkte ihm ein. Der Tisch war nur noch für ihn gedeckt. Er setzte sich ihr schräg gegenüber und versuchte zu ignorieren, dass sie ihn ständig musterte. Sie erkundigte sich, wie es nun mal ihre Art war, ausgesprochen gründlich nach seinem gestrigen Tag.

Alexander ließ sich sein Unbehagen nicht anmerken und gab ausführlich Auskunft. Er berichtete ihr von Arbeitssuchenden, deren Daten er aufgenommen und gespeichert hatte, Firmen, die er oder sein Partner aufgesucht hatten. Seine Schwiegermutter hörte es gerne.

Endlich glaubte sie genug zu wissen und ließ ihm Zeit, sodass er in Ruhe seinen Tee trinken und ein Brot essen konnte.

Sie breitete die „Heilbronner Stimme" am anderen Ende des Tisches aus, las die Zeitung und bewegte dabei gelegentlich ihre Lippen. So vertieft war sie in ihre Lektüre, dass Alexander selbst aufstehen musste, um sich Tee nachzufüllen. Als er an Irene vorbeiging, warf einen Blick auf das Blatt.

Den oberen Teil nahm ein Bild ein, grünbefrackte Männer, offenbar deutsche Polizisten, trugen einen mit Blumen überreich geschmückten Sarg. Kräftige Schatten und helles Sonnenlicht wechselten sich ab. Alexander zögerte, dann setzte er sich und machte sich ein weiteres Brot. Nach einigen Minuten strich Irene die Zeitung glatt, richtete sich auf und blickte ihren Schwiegersohn an, wobei sie verzagt den Kopf schüttelte.

„Sie haben immer noch keinen Täter, nicht mal eine heiße Spur“, erläuterte Irene.
„Dazu ist die Zeit noch zu kurz“, entgegnete Alexander. „Was ist das auf dem Bild, die Beerdigung?“
„Ja, aber die Zeitung ist von gestern“, erklärte Irene, „sie schreiben, 45 Leute arbeiten an dem Fall. Hast du von der neuen Belohnung gehört? Einhunderttausend Euro!“
„Ja, das hat mir Ella gesagt.“
„So viel Geld. Da muss sich doch jemand melden! Warum gibt es noch keine heiße Spur?“, wunderte sich Irene.
„Gab es im Radio neue Nachrichten?“, erkundigte sich ihr Schwiegersohn.
„Nein, habe nichts gehört“, entgegnete Irene, „so viele Leute arbeiten daran, aber bis jetzt kein Erfolg. Nun machen sie auch Veröffentlichungen über den Fall in Osteuropa und im Balkan.“
„Osteuropa und Balkan?“, entgegnete Alexander empört, „da siehst du wieder, immer müssen es die Ausländer sein! Vielleicht waren es Deutsche?“
„Die Polizei braucht Zeugen“, besänftigte ihn Irene, „aber die überprüfen bestimmt auch die Deutschen, nicht nur die Ausländer.“
„Davon schreiben sie nichts, oder? Aber angenommen, es wäre ein Russe oder Ukrainer, was glaubst du, was die mit einem Verräter machen?“
Alexander schüttelte ablehnend den Kopf, machte einen kräftigen Biss in sein Brot. Irene faltete die Zeitung zusammen, stand auf, ging an den Ausguss, ließ das Wasser einlaufen und räumte das Geschirr ein. Alexander kaute schweigend und spülte den letzten Bissen Brot mit einem

Schluck Tee hinunter, ehe er sich eine Zigarette anzündete. Nach einiger Zeit holte er sein Handy aus der Jackentasche, öffnete es und las eine SMS, die er kurz zuvor erhalten hatte. „Heute Ware da W“ lautete die Kurznachricht. Er rauchte seine Zigarette zu Ende und stand auf.

„Oma Irene, ich muss jetzt gehen“, sagte Alexander betont freundlich.

Die Angesprochene unterbrach ihre Tätigkeit und drehte sich um. Offenbar hatte der Klang von Alexanders Stimme seine Wirkung nicht verfehlt. „Ja, mein Junge, du hast bestimmt wichtige Termine?“

„Ja, einige“, stimmte ihr Alexander zu, „wichtige Termine. Gerade eine SMS erhalten.“

„Wann kommst du wieder?“

„Wahrscheinlich erst heute Abend. Ich werde auf jeden Fall Ella von der Arbeit in Schwaigern abholen.“

„Da wird sie sich bestimmt freuen“, versicherte Irene, „dann wünsch ich dir viel Erfolg.“

Alexander stand auf, verließ den Raum. Er setzte sich ins Auto, steuerte aus der Innenstadt in das nördliche Industriegebiet, bog dann in die Salzstraße ein und parkte. Jetzt, bei dem angenehmen und frühlingshaften Wetter, wirkte die Örtlichkeit mit den tristen Industrieanlagen und lieblos hingebauten Wohnblöcken weniger abweisend als sonst. Betont gemächlich schlenderte Alexander die Straße entlang. Er blieb stehen, als er auf der anderen Straßenseite große Gittertore zwischen zwei Industriebauten sah. „Schrott und Metalle Containerdienst Bauer GmbH“ stand in verwaschenen Buchstaben auf einer der Häuserwände. Alexander musterte die ganze Anlage. Die Tore waren äu-

ßerst stabile, etwa drei Meter hohe Konstruktionen. Er ging fünfzig Meter weiter, überquerte die Straße und ging wieder zurück. Er blieb kurz vor dem ersten Gebäude stehen. Eine Tür führte hinein. Unmittelbar daneben konnte er durch ein großes Fenster ein Büro erkennen. Ein Mann stand im Raum, telefonierte gerade, zwei Frauen saßen vor Bildschirmen. Der Mann trug Arbeitskleidung und hatte ihm den Rücken zugewandt, aber er glaubte, ihn zu erkennen. Alexander ging weiter, versuchte so unauffällig wie möglich durch die Gitterstäbe des Tores zu blicken. Im Innern des Hofes sah er einige Container stehen, er interessierte sich besonders für einen orangefarbenen, den er ohne Mühe lokalisierte. Er ging ungefähr vierzig Meter weiter, wählte dann einen Weg durch den nächsten Parkplatz und sah sich den Gebäudekomplex von hinten an. Anschließend ging er wieder zu seinem Fahrzeug zurück. Alexanders nächster Weg führte ihn zu einer nahen Autoreparaturwerkstatt, aber diesmal war es nicht sein Kumpel Eugen Weiss. Verdiente Eugen Weiss seinen Unterhalt in erster Linie mit der preisgünstigen Reparatur von Fahrzeugen, so war dies bei der betreffenden Werkstatt anders. Alexander kannte den Inhaber lediglich mit dem Namen Altin. Altin stammte irgendwo aus dem Balkan, lebte schon seit fünfzehn Jahren in Deutschland und sein Deutsch war nicht viel besser als das von Alexander.
Als Alexander in Altins Werkstatt trat, legte der sofort das Werkzeug, das er gerade in der Hand hielt, auf eine Werkbank, wischte sich seine Hände an einem Lappen ab und rief einem jungen Mann in einer Sprache, die Alexander nicht verstand, etwas zu. Mit einer Kopfbewegung bedeu-

tete Altin Alexander, ihm zu folgen. Sie betraten ein kleines, unaufgeräumtes Büro, das auf der anderen Seite mit einer Glaswand von einer überraschend großen Lagerhalle abgegrenzt war. Erst als Altin die Tür hinter sich geschlossen hatte, begrüßte er Alexander ausgesprochen freundlich und tauschte einige Nettigkeiten mit ihm aus.

„Was haben?“, fragte Altin endlich.

„Heute Abend, wieder Ware von Hamann in Schwaigern“, entgegnete Alexander.

„Ah gut, aber nie nix viel“, bedauerte Altin.

„Hab bald große Sache, Edelstahlschrott, große Container, viele Tonnen“, versprach Alexander.

„Oh, gutt“, erwiderte Altin bewundernd und seine großen Augen wurden noch größer. „Wann?“

„Bald, vielleicht Wochenende. Aber zu groß für dich hier, bringen zu deine Kollege in Stuttgart“, erläuterte Alexander.

„Macht nix“, stimmte Altin zu und lächelte, „Kollege gut, mein Cousin.“

„Du haben Lastwagen?“, fragte Alexander.

„Natürlich, MAN, Drei-Achser, du sagen mir wann“, beteuerte Altin.

„Wo stehen, hier?“

Altin schüttelte den Kopf, lächelte. „Nein, noch nicht, stehen in Geschäft in Hafenstraße. Kein Problem“, versicherte Altin und zwinkerte ihm zu.

Alexander nickte zufrieden. Kurze Zeit später verabschiedeten sich die Männer voneinander.

Kapitel 20

Studiendirektor Bachmeier blickte auf die Uhr. Es war kurz vor sechzehn Uhr. Es war eher die Ausnahme, dass er sich so lange in der Schule aufhielt. Wann immer möglich, delegierte er seine Aufgaben. Sein Stellvertreter und die einzelnen Abteilungsleiter hatten etwas gemeinsam: Sie waren ehrgeizig, hofften auf eine Beförderung und murrten nie über zusätzliche Aufgaben. Im Gegenteil, sie freuten sich darüber, wenn er sich immer wieder mal anerkennend bei der Lehrerhauptversammlung äußerte. Aber heute musste er den Nachmittag an der Schule verbringen. Es ging nicht anders, er musste bei einem Anruf aus dem Kultusministerium anwesend sein. Zu seinem Leidwesen kam der Anruf dann erst am späten Nachmittag.

Nachdem Bachmeier endlich das Gespräch beenden konnte, öffnete er die Tür zum Sekretariat. Frau Dietz und ihre Kollegin schauten ihn erstaunt an. Sie hatten offenbar nicht mehr mit seiner Anwesenheit gerechnet, planten wohl, das Sekretariat in wenigen Minuten zu schließen.

„Frau Dietz, könnten Sie einen Augenblick kommen?“, fragte er höflich.

Er sah es ihr an, sie freute sich nicht darüber, aber sie antwortete nicht weniger höflich: „Selbstverständlich, Herr Bachmeier.“

„Ja, was gibt’s denn?“, fragte Sabine Dietz, nicht mehr ganz so höflich, als sie die Tür hinter sich geschlossen hatte.

„Jetzt haben die von den Polizistenmördern immer noch keine heiße Spur, unglaublich!“, empörte er sich.

„Ja, das weiß ich, aber was habe ich damit zu tun?“ Sie blickte ihn überrascht an.
„Hast du das in der „Stimme“ gelesen? Die Polizei meint, es müsste Tatzeugen geben“, erklärte Bachmeier, „es geht um Leute, die zwischen 13 und 15 Uhr dort waren. Außerdem wird Vertraulichkeit zugesichert, das möchten wir ja.“
„Natürlich, aber ich weiß nicht, was ich der Polizei sagen könnte“, wiegelte Sabine Dietz ab.
„Irgendetwas sieht man immer, es sei denn, es ist stockdunkel“, wandte Bachmeier ein, „weißt du was, ich habe nahe dem Verteilerhäuschen einen Audi 80 gesehen. Du hast das Auto doch auch gesehen?“
„Hm, ja, schon, woher soll ich wissen, wie ein Audi 80 aussieht?“
„Vielleicht melde ich mich doch“, überlegte Bachmeier laut, „lies mal, was da über eine vertrauliche Zeugenaussage steht.“
Er deutete auf das vor ihm liegende Zeitungsblatt. Sabine Dietz, vor wenigen Minuten noch recht ungeduldig, beugte sich interessiert vor, überflog die Seite und fing an die entsprechende Stelle halblaut zu lesen. „Sichere Aussage. Um wie auch immer geartete Bedenken zu zerstreuen, weist die Polizei darauf hin, dass Vertraulichkeit zugesichert werden kann.“ Dann wurde der Polizeisprecher zitiert, dass man sich nur einem Beamten anvertraue, man erhalte auch die Belohnung – die Zahl 100 000 wurde erneut erwähnt – müsse aber nicht vor Gericht aussagen.
Es folgten noch weitere Hinweise und natürlich die notwendige Telefonnummer.
Sabine Dietz blickte auf, sah Bachmeier an und zuckte

etwas ratlos die Schultern. „Wenn du meinst? Du kannst dich ja melden", sagte sie endlich, „was ich gesehen habe, das haben Dutzende anderer Leute auch gesehen."
„Na, ich weiß nicht", entgegnete Bachmeier, nun doch etwas unsicher, „ich kann nur sagen ein Audi 80, ja, und den Pflaum habe ich auch gesehen."
„Nicht viel, aber wenn du meinst, es hilft der Polizei."
„Ich wollte ja, dass der Pflaum bei der Polizei eine Aussage macht, er will nicht, aber ich kann ihn ja verstehen", erklärte Bachmeier und Sabine Dietz nickte knapp und zustimmend.
Sie konnte ihre Ungeduld kaum verbergen.
„Noch etwas", fügte Bachmeier hinzu, „unser Aktionsprogramm gegen Rechtsextremismus, wann berichtet die Zeitung darüber?"
„Ich warte jeden Tag darauf."
„Na ja. Wir müssen uns halt jetzt hinten anstellen."
„Ja, so ist es", stimmte sie ihm zu, „jetzt muss ich aber gehen. Übrigens, ich bin mit deinem Mathias verabredet."
„Was?", entfuhr es Bachmeier völlig verdutzt.
Sabine Dietz lächelte. „Keine Sorge, nur im Reitershop. Er möchte eine Hose mit Kniebesatz kaufen. Er bat mich, ihn zu begleiten."
„Wieso das denn? Kann er doch alleine kaufen!"
„Das weiß ich auch", erklärte Sabine Dietz mit einem gnädigen Lächeln, „aber du weißt, er sucht gerne meinen Rat, dachte, ich mach ihm die Freude. Gleichzeitig habe ich ihm auch klar meine Meinung gesagt."
„Hoffentlich nützt es etwas, von mir lässt er sich ja nichts sagen."

„Wird auch mal wieder", tröstete Sabine Dietz mit einem ironischen Unterton. Bachmeier schüttelte leicht verärgert den Kopf, dann verabschiedeten sie sich ausgesprochen geschäftsmäßig.

Kapitel 21

Der allgemein erwartete und erhoffte schnelle Erfolg der Polizei blieb aus. Die Schlagzeilen und Berichte in der „Heilbronner Stimme“ reduzierten sich auf schmale Abschnitte, aber am Freitag, den 11. Mai, zwei Wochen und zwei Tage nach dem Anschlag, wurde dem Fall wieder eine ganz Seite eingeräumt, sieht man mal von der Werbung und einem großen Bild, das zwei Beamte bei ihrer Arbeit zeigte, ab. Laut Bericht arbeiteten 45 Ermittler in der Soko „Parkplatz“ und „erst ein Drittel der über 500 Hinweise sind abgearbeitet“.

Die Schlagzeile des Zeitungsberichts war auch für den oberflächlichen Leser nicht zu übersehen:

„Heilbronner Mordfall bei ‚XY‘in der Warteschleife“. Es folgte eine Erläuterung. Eine Aufnahme sei nicht mehr möglich. Die Sendung, übrigens eine Jubiläumssendung, wäre bereits fertiggestellt, die Vorlaufzeit hätte nicht ausgereicht, um sie noch aufzunehmen. In dem weiteren Artikel gab sich der Kripochef zugleich zuversichtlich und kämpferisch. Hatte er eingangs noch davor gewarnt, den Fall mit der schnellen Lösung in einem „Tatort“ zu vergleichen, so wies er am Ende des Artikels darauf hin, dass man die Ausstrahlung ihres Falls auf den nächsten Termin in drei Wochen zugesagt habe, „wenn wir die Täter da nicht längst haben.“ Das machte Hoffnung, hatte man bisher doch immer wieder gehört, es gebe zwar Hinweise, aber eben nicht den Durchbruch. Daran hatte auch die beeindruckende Belohnung von 100 000 Euro nichts geändert.

Am nächsten Tag brachte die „Heilbronner Stimme" eine neue These ins Spiel. „Wurde Polizistin Opfer einer Panne?", lautete nun die neue Schlagzeile, nicht weniger groß als am Tag zuvor und ebenfalls mit einem Farbbild ausgeschmückt. Man sah eine junge Polizistin bei der Kontrolle eines Motorradfahrers, daneben am Bildrand etwas nach hinten versetzt ihren Kollegen mit Schussweste, Waffe in den Händen und den Rücken dem Betrachter zugewandt. So sicherte er seine Kollegin ab, während sich im Hintergrund die Autos stauten. Und alles in offenbar abendlichmildes Sonnenlicht getaucht.
In dem Zeitungsbericht erfuhr der Leser, die „damals 21-Jährige sei in Zivil als Scheinkäuferin aufgetreten und habe von einer Dealerin fünf Gramm Heroin erworben." Laut einem Fernsehbericht habe die Polizistin dann später mit ihrer Zeugenaussage „zur Verurteilung der Rauschgifthändlerin beigetragen."
Diese doch bemerkenswerte Neuigkeit war durch eine wohl etwas unachtsame Bemerkung von Ministerpräsident Oettinger an die Öffentlichkeit gekommen. Es war übrigens nicht das erste und das letzte Mal, dass der Ministerpräsident mit überraschenden Äußerungen Verwunderung auslöste.
Im weiteren Verlauf des Zeitungsberichts konnte dann der Leser erfahren, dass es über den unterschiedlichen Einsatz der Polizistin – einmal als verdeckte Ermittlerin, später in Uniform am gleichen Ort – zwischen Heilbronner Beamten und dem Vorsitzenden der Gewerkschaft der Polizei massive Meinungsverschiedenheiten gab. Natürlich hatte die Sonderkommission das damals überführte Dealerpär-

chen überprüft. Laut Aussage handelte es sich um Kleinkriminelle, „urdeutsch, ohne Migrationshintergrund". Anhaltspunkte für einen Tatverdacht gab es nicht. Eine weitere Spekulation war, dass die Kugeln „wie Zeitungsberichte mutmaßen, aus einer Waffe, wie sie die russische Armee verwendet", stammen. Logischerweise gab die Polizei zu so wichtigen Einzelheiten keine Auskunft.

In den folgenden Tagen nahm die Diskussion um die Zivil-Einsätze der getöteten Beamtin mehr Platz in der lokalen Presse ein als die Fahndung selbst. Zusätzlich berichtete „Der Spiegel" von weiteren Einsätzen der Polizistin in Zivil, so bei gewalttätigen Demos in verschiedenen Städten in Baden-Württemberg. Der Polizeichef verteidigte den verdeckten Einsatz in Heilbronn in einer Pressekonferenz. Er wäre sich sicher, der Drogen-Scheinkauf der Polizistin habe nichts mit der Ermordung zu tun. Zur Fahndungsarbeit der Polizei meinte ein Sprecher, man brauche einen langen Atem – manchmal monatelang – und den habe die Polizei. Die Öffentlichkeit hatte – wie üblich – auf einen schnellen Erfolg gehofft und die Polizei hatte offenbar nicht mal das, was man eine heiße Spur nennen konnte.

Als Nächstes setzte die Soko bei ihrer Suche eine ungewöhnliche Hightech-Variante ein. Man hoffte auf Satellitenbilder aus dem Ausland, „die möglicherweise den Tatort Theresienwiese zu der Zeit zeigen", als der Anschlag verübt wurde. Allerdings gab es dazu, so war in der „Heilbronner Stimme" zu lesen, noch keine Erfahrungswerte. Aber schon wenige Tage später war zu lesen: „Auch auf die Satellitenbilder, die die Ermittler jetzt sichten, setzt die Soko wenig Hoffnung."

Die unmittelbare Hoffnung konzentrierte sich nun auf die anstehende Ausstrahlung bei der Sendung „Aktenzeichen XY". Gleichzeitig gab es auch eine positive Nachricht. Der schwer verletzte Polizist – rund um die Uhr bewacht – war in der Aufwachphase und auf dem Weg zur Besserung.
Am Tag vor der Ausstrahlung am 31. Mai bemühte sich die lokale Presse erneut um die Aufmerksamkeit der Menschen in der Region. Der entsprechende Bericht war nicht zu übersehen. Die Schlagzeile lautete: „Mördersuche per Fernsehen", der Untertitel: „Heilbronner Fahnder bereiten sich nach ‚Aktenzeichen XY' auf lange Nacht vor". In dem Artikel wurde nochmals das Geschehen und die Vorgehensweise erläutert, dazu Bilder vom Tatort. Einmal waren es in weiße Overalls gekleidete Ermittler bei der Arbeit, das zweite Bild zeigte eine Luftaufnahme mit den dazugehörenden Kennzeichnungen: Neckar, Pumpwerkhäuschen, Tatort: Streifenwagen. Eigentlich ein hübsches Bild, der Fluss im oberen Teil des Bildes, dann in der Mitte die grünen Bäume, die ihre Schatten auf den Boden warfen, das rechteckige Gebäude und einige Fahrzeuge, die kreuz und quer parkten und sich gegen den hellen Untergrund abhoben. Und dann das verhängnisvolle Polizeifahrzeug auf der Nordseite des Häuschens, halb im Schatten stehend, mit der Motorhaube zum Betrachter. Die warme Frühlingssonne verlieh dem Ganzen eine friedliche Atmosphäre.

Kapitel 22

Donnerstag, 31. Mai 2007. Würde heute das Fernsehen den Durchbruch bringen? Ella saß bei ihrem Sohn Edmund in seinem Zimmer, spielte mit ihm vor dem Zubettgehen, anschließend las sie ihm noch zwei Seiten aus seinem Harry Potter vor, dann war es so weit, Klein-Edmund schlief. Sie knipste das Licht aus und verließ leise den Raum.

Alexander stand die Ungeduld im Gesicht geschrieben, als Ella vorsichtig die Wohnzimmertür öffnete und sich neben ihn auf die Couch setzte. „Edmund ist doch alt genug! Die Sendung hat schon angefangen“, erklärte Alexander mit gedämpfter Stimme. Vorwurf schwang in seiner Stimme mit und er sprach mit ihr, wie gewohnt, russisch. Ella zuckte entschuldigend mit den Schultern, suchte die Versöhnung und rückte näher an ihren Mann, die Blicke auf den Bildschirm gerichtet. „Schau dir das an“, forderte sie Alexander verärgert auf, „schon wieder sollen Ausländer die Täter sein.“

Tatsächlich handelte es sich in dem gerade gezeigten Film – laut Sprecher – um eine vermutlich rumänische Einbrecherbande. Man sah Männer, die eine geeignete Bank ausspionierten, Fahrzeuge stahlen und mit brachialer Gewalt Geldautomaten aus ihrer Verankerung rissen. Am Ende des Films unterhielt sich der Moderator mit einem Vertreter der Polizei. Anhand einer Karte wies er auf die unterschiedlichen Tatorte hin, blendete das Bild von einem vermutlich benutzten Kleinlaster ein und bat die Zuschauer um tatrelevante Hinweise. Zwei Telefonnummern wurden zusätzlich gezeigt.

„Immer nur Ausländer“, schimpfte Alexander erneut, stand auf und stapfte in die Küche an den Kühlschrank. „Psst, sei leise“, zischelte ihm Ella hinterher. Alexander warf ihr einen gekränkten Blick zu, nickte widerwillig, öffnete den Kühlschrank, nahm eine Flasche heraus und schenkte sich ein Glas ein.
Als Nächstes zeigte die Sendung einen Film über einen Betrugsfall. Eine Frau mittleren Alters läutete an einer Wohnungstür. Eine sehr betagte Dame öffnete und die Besucherin begrüßte die Wohnungsinhaberin in bestem Hochdeutsch mit einem herzlichen: „Ja hallo, Tante Erika, kennst du mich noch?“
Die alte Dame, offensichtlich verblüfft und unsicher, stotterte: „Ja, ich weiß jetzt nicht, bist du vielleicht die ... die Traudel?“
„Ja, genau!“
Von da an nahm das Unheil seinen Lauf. Die fremde Besucherin schmeichelte sich als eine angeblich lange abwesende Verwandte ein. Es folgte der massive Hinweis über einen augenblicklichen finanziellen Engpass. Im Laufe des Gesprächs konnte die angebliche Traudel die Dame zu einem Gang zur Bank überzeugen. Einen Filmschnitt weiter sah man Tante Erika vor einem Bankschalter. Die betuchte Witwe hob einen größeren Betrag ab und überließ ihn später der Betrügerin, die sich als die angebliche Nichte ausgegeben hatte.
In diesem Augenblick kam Alexander aus der Küche zurück. „Was ist das?“, fragte er und ließ sich neben Ella auf die Couch sinken, das Glas in der rechten Hand. „Betrug an einer alten Frau! Aber diesmal sind es keine Ausländer, ist ’ne Deutsche!“, erläuterte Ella.

„Bah, Betrugsfall“, entgegnete Alexander und machte mit seiner linken Hand eine abwertende Bewegung, „ja, so etwas machen die Deutschen, für ein richtiges Ding haben die doch keine Eier.“
„Ich bitte dich! Wie redest du?“, empörte sich Ella, „immer beklagst du dich, dass man ständig Ausländer als Verbrecher zeigt und nun ...“
„Entschuldigung!“
Alexander gab sich versöhnlich, dachte an möglicherweise zärtliche Minuten nach der Sendung. Aber nach einer kleinen Weile fügte er doch trotzig hinzu: „Außerdem ist es nur 'ne Frau, kein Mann.“
Nach dem Betrugsfall folgte ein Film über einen Überfall auf einen Juwelier in der Düsseldorfer Altstadt – die Nationalität der Täter blieb unerwähnt, wie Ella erleichtert feststellte. Das Geschehen war voller Aktionen und faszinierte Alexander und Ella, für kurze Zeit hatten sie vergessen, warum sie überhaupt das ZDF eingeschaltet hatten, da kündigte der Sprecher endlich den Polizistenmord in Heilbronn an. Ruckartig stellte Alexander sein Glas ab und starrte gebannt auf den Fernsehschirm.
„Jetzt“, flüsterte Ella, nicht weniger gespannt und beugte sich leicht vor.
Der Moderator sprach einige einleitende Worte, dann sah man zunächst in einem Kameraschwenk eine schöne Sommerlandschaft: Ein kleiner Junge, der am Waldrand in den Büschen stöberte. Aber die Idylle hatte ein plötzliches Ende, als er sich an einer weggeworfenen Spritze verletzte. Seine recht attraktive Mutti war gleich zur Stelle. Die kurzen Filmszenen wurden zwar erläutert, aber Alexander

konnte lediglich einige Begriffe wie DNA-Spuren, Tatort, Frau verstehen und nach wenigen Minuten erschien wieder der Moderator auf dem Bildschirm und machte anhand unterschiedlicher Karten noch mehrere Erläuterungen.
„Was sagt er? Schon vorbei?“, fragte Alexander, etwas verunsichert. Doch ehe Ella antworten konnte, zeigte das Fernsehen noch einige wenige Bilder von dem Geschehen in Heilbronn: Den Tatort, dazu Luftaufnahmen. Ein Polizeibeamter erläuterte erneut den Vorfall und dann war es auch schon vorbei. Ein weiterer Kriminalfall folgte. Eine Joggerin, die durch einen nächtlichen Park trabte.
„Das war aber kurz“, stellte Ella enttäuscht fest.
„Konntest du alles verstehen?“, wollte Alexander wissen.
„Nicht so recht, nur teilweise“, entgegnete Ella zögernd.
„Die sagten so viel von einer Frau, warum?“
„Die haben von einer Frau DNA-Spuren gefunden, in Heilbronn und anderswo. Die muss auch andere Leute umgebracht haben“, erläuterte Ella.
„Kann ich mir denken. Wer Polizisten umbringt, muss ’ne schlimme Frau sein“, erwiderte Alexander und schüttelte empört den Kopf, heuchelte Abscheu, dann nahm er wieder einen Schluck aus dem Glas.
„Und von Männern haben sie nichts gesagt?“, fragte er nach einer Weile.
Ella verneinte, etwas ungläubig. „Nein, keine Männer. Aber das kann ich mir nicht vorstellen!“
Ella kuschelte sich an ihren Mann, bohrte nach: „Überleg doch mal, Alexander, hast du an dem Mittag da ’ne Frau gesehen, zusammen mit einem Mann vielleicht, die es gewesen sein könnte?“ Ella knabberte an seinem Ohr.

„Ja, Frauen schon, da waren welche, aber ich kann mich an keine besonders erinnern“, flüsterte er leise.
„Versuch es halt, denk an die Belohnung.“
„Ja, mein Schatz. Ich verspreche es dir, morgen.“

Kapitel 23

Nach den Zwanzig-Uhr-Nachrichten stand Dieter auf, nahm die „Stuttgarter Zeitung“ vom Tisch und verließ das Wohnzimmer, während Irmgard in ihrem Fernsehsessel sitzen blieb. Er ging ein Stockwerk höher in das „Kinderzimmer“, das schon lange kein Kinderzimmer mehr war, schließlich wurde es nur noch sporadisch von einem ihrer erwachsenen Kinder benützt. Aber das Zimmer enthielt den zweiten Fernseher, für den Fall, dass Dieter und seine Frau sich nicht auf ein Programm einigen konnten.

Dieter schaltete das Gerät ein und zugleich den Ton ganz leise. Ein schneller Blick überzeugte ihn, dass die Sendung „Aktenzeichen XY“ begonnen hatte. Früher hatte er zusammen mit Irmgard und vielleicht auch mal mit einem der Kinder die Sendung gelegentlich angeschaut. Aber seit Irmgard vor Jahren Opfer eines Verbrechens geworden war, mieden sie die Sendung. Stand „Aktenzeichen XY“ in der Vorschau, dann hatten sie einfach das Erste oder das Dritte Programm eingeschaltet. Sie sprachen nicht einmal darüber. Das ZDF war dann tabu.

Dieter setzte sich in den Sessel gegenüber dem Fernseher, schlug die Zeitung auf, aber er behielt den Bildschirm im Auge. Im Sportteil las er sich von den ausführlichen Berichten auf der ersten Seite zu den kleineren auf den folgenden Seiten durch. Teilweise hatte er sie schon am Morgen gelesen, aber es störte ihn nicht. Sport war nun mal sein Hobby und es gab kaum eine Sportart, die ihn nicht interessierte. In seiner Jugend hatte er aktiv Fußball gespielt – mit bescheidenem Erfolg – aber im Ringen war er

immerhin mal Deutscher Vizemeister geworden, hatte in der Meisterstaffel des ASV Schorndorfs gestanden. Die Urkunde von damals hing immer noch in ihrem Hobbyraum. Dieter wurde langsam etwas unruhig, blickte auf die Uhr. Endlich kündigte der Ansager den Film über das Verbrechen in Heilbronn an. Schnell stand er auf drehte den Ton höher. Jetzt erst wurde ihm bewusst, wie wenig sich an der Aufmachung der Sendung – abgesehen von dem Sprecher – geändert hatte. Zu Anfang der Sendung hatte er sich einen Augenblick lang gewundert, dass das ihm vertraute Gesicht von Eduard Zimmermann nicht auf dem Bildschirm erschien, aber dann war ihm sein eigenes Alter eingefallen und dass er schließlich selbst im Ruhestand war. Dass der neue Mann bei „Aktenzeichen XY" eine ehemalige Sportlergröße war, gefiel Dieter.
Der Filmbericht über den Polizistenmord war in wenigen Minuten vorbei. Dieter war etwas enttäuscht. Trotzdem, es gab einige wichtige Informationen zu dem Verbrechen, aber Dieter gewann gleichzeitig den Eindruck, er hätte der Polizei keine zusätzlichen Informationen liefern können. Nur eben Irmgard, sie hatte offenbar mehr gesehen, ein Auto, Personen usw. Zugleich wusste Dieter, er konnte sie bei diesem Thema nicht bedrängen.
Noch nicht.
Dass man mit dem Anschlag eine mysteriöse Frau in Verbindung brachte, das hatte er schon den Tageszeitungen entnommen. Man hatte ihre DNA-Spuren nicht nur an dem Polizeifahrzeug in Heilbronn gefunden, der zuständige Kripobeamte am Bildschirm gab weitere Orte bekannt, an denen die Frau ihre Spuren hinterlassen hatte. An einer

Vielzahl von Tatorten in Frankreich, Deutschland und Österreich konnte man ihren Aufenthalt im Zusammenhang mit Straftaten nachweisen. So 1993 in Idar-Oberstein nach der Ermordung einer Rentnerin.
Im März 2001 wurde in Freiburg ein Frührentner umgebracht, auch dort hatte die Frau Spuren hinterlassen. Im gleichen Jahr dann der Vorfall mit der Einwegspritze in der Eifel, der bei der Fernsehsendung als Einstieg diente. Sicherlich ein eigentlich unbedeutendes Geschehen, wären da nicht all die anderen Verbrechen gewesen. Im Jahr 2003 dann ein Einbruch im Kreis Offenbach, auch da belegte das DNA-Material die Beteiligung der Phantomfrau, wie die Frau teilweise bezeichnet wurde. Auch bei einem früheren Autodiebstahl in Heilbronn hatte man Spuren von ihr entdeckt.
Am Ende der Sendung listete der Polizeisprecher die Vorfälle, Örtlichkeiten und zeitlichen Abläufe sachlich und übersichtlich auf. Er sprach davon, dass sich die Frau zumindest zeitweise in der „Obdachlosen- und Rauschgiftszene" aufgehalten habe.
Dieter war überrascht über die in der Sendung gebündelte Vielzahl von Verbrechen, die man mit der Frau in Zusammenhang brachte. Bisher hatte er über einzelne Vorfälle, nur für sich genommen, in den Tageszeitungen gelesen. Natürlich immer im Zusammenhang mit dem Heilbronner Anschlag.
Kaum war der Bericht über Heilbronn vorbei, stand Dieter auf und schaltete den Fernseher aus. Er schüttelte nachdenklich den Kopf. „Muss mir morgen die ‚Heilbronner Stimme' kaufen", murmelte er, dann ging er nach unten.

Zuerst suchte er die Toilette auf, dann ging er in die Küche, machte sich eine Tasse Tee, ehe er ins Wohnzimmer ging und sich zu seiner Frau setzte. Im Fernseher lief eine Musiksendung. „Kommen bald die Nachrichten?“, fragte er nach einer Weile. Irmgard nickte schweigend. Er spürte, ihre Gedanken waren nicht bei der Musiksendung.
Am nächsten Morgen holte Dieter am Zeitungsstand sofort die „Stimme“, aber er fand nicht, was er suchte. Erst einen Tag später, als er erneut vom Kiosk zurückkam und die Zeitung auf dem Küchentisch durchblätterte, fand er in der Ausgabe einen Bericht, schmal und lang, linker Hand im Lokalteil. So schmal, dass selbst für die Überschrift drei Zeilen benötigt wurden: „Entscheidender Hinweis fehlt trotz Aktenzeichen XY“. Zum Glück war Irmgard nicht anwesend, vermutlich war sie für einen Einkauf unterwegs, so konnte er in Ruhe lesen.
Er beugte sich über das Blatt und las sorgfältig:

Heilbronn. Keine heiße Spur, kein entscheidender Hinweis: Die bundesweite Ausstrahlung des Heilbronner Polizistenmordfalls in der ZDF-Fahndungssendung „Aktenzeichen XY“ hat die Ermittler nicht nennenswert weitergebracht.
Meinungen statt Hinweise. 14 Anrufer haben sich nach der Sendung bei der Soko „Parkplatz“ gemeldet. „Etwas mehr als die Hälfte“ von ihnen riefen laut Polizeisprecher jedoch nicht an, um einen Hinweis zu geben, sondern um ihre persönliche Meinung zu äußern. Sie beschwerten sich über die stundenlangen Staus, die wegen der massiven Polizeikontrollen am Tattag den Verkehr in der Stadt vorübergehend lahmgelegt hatten.

Dieter blickte auf, schüttelte den Kopf. „Arschlöcher!“, sagte er laut. Dann las er erneut: ... lahmgelegt hatten, oder „teilten uns mit, was sie mit den Tätern tun würden, wenn sie sie hätten“. So wurde der Sprecher der Polizei zitiert.
„Deppen!“, kommentierte Dieter diesmal den Text und schüttelte verärgert den Kopf. Da hörte er, dass jemand die Tür zum Vorgarten öffnete. Das konnte Irmgard sein. Rasch überflog er den Rest des Berichts. Da war von Ermittlungen in „jede denkbare Richtung“ und von einer offenen „Motivlage“ die Rede.
„Aha, außer Spesen nichts gewesen. Leider“, sagte er leise, stand auf und steckte die „Heilbronner Stimme“ schnell in den Zeitungsständer zu den bereits gelesenen Blättern der vergangenen Tage. Er hörte wie Irmgard die Haustür öffnete und gleich darauf betrat sie den Raum. Er nahm ihr eine der vollen Einkaufstaschen ab und stellte sie auf den Tisch.
„Hättest du doch etwas gesagt oder das Auto genommen“, tadelte er leise.
„Ach was! Mit dem Fahrrad, kein Problem“, beschwichtigte sie. „Was machst du jetzt?“
„Ich bring das Altpapier weg und mach ums Haus rum sauber“, erwiderte Dieter.
„Dann kannst du ja auch gleich den Zeitungsständer leeren, der ist schon wieder so voll“, bat Irmgard.
„Mach ich, mach ich“, versicherte Dieter.
„Danke“, entgegnete Irmgard. „Übrigens, der Herr Moncu ist auch schon draußen, solltest sehen, wie blitzsauber es bei dem wieder aussieht.“
„Weiß ich, der ist schwäbischer als wir Schwaben, wenn es

um die Sauberkeit geht“, entgegnete Dieter und nickte voller Anerkennung über ihren türkischen Nachbarn.

„Blödsinnigerweise schaffte man ja die Kehrwoche ab“, fuhr er fort, dann wandte er sich um, bückte sich, nahm bis auf ein Exemplar die Zeitschriften aus dem Zeitungsständer und verließ den Raum.

Kapitel 24

Paul Bachmeier stand auf, ging zum Fernseher und schaltete auf das ZDF um.
„Was machst du?“, zischte ihn seine Frau empört an.
Er stutzte überrascht, drehte sich zu ihr um.
„Ach, Entschuldigung, ich dachte, du sagtest doch ...“, verteidigte er sich und schaltete schnell wieder zurück zur ARD.
Seine Frau nickte gnädig. Sie war eine stattliche Person, ähnlich wie er, allerdings einige Jahre älter. Das schlohweiße Haar ließ sie noch älter als ihre fünfundsechzig Jahre erscheinen.
„Ich habe es mir anders überlegt. Du weißt, dass ich gerne Musiksendungen sehen möchte“, tadelte sie ihn nachträglich.
„Ja, ich weiß“, stimmt er ihr zu, „ich gehe dann schon mal ins Zimmer von Mathias.“
„Wieso das denn? Du möchtest immer etwas anderes sehen als ich!“, stellte sie verärgert fest.
„Aktenzeichen XY“, entgegnete er sanft.
„Was? Doch nicht bei so einer schönen Musiksendung in der ARD?“
„Ausnahmsweise, wegen dem Polizistenmord in Heilbronn. Du weißt doch, es interessiert mich“, erläuterte er, aber seine Frau beachtete ihn schon nicht mehr.
Frau Bachmeier lehnte sich in ihrem Sessel zurück. Auf dem Bildschirm machte gerade die Ansagerin auf Fröhlichkeit und kündigte den ersten Künstler an. Bachmeier drückte sich leise aus dem Raum.

Mathias war ein Technikfreak. Ein modernes Fernsehgerät mit Videogerät war nur ein Teil der Geräte, mit denen er sein Zimmer vollgestopft hatte. Er machte gerne Bilder und kleine Filme. Nicht alle Filme machte er selbst, wie Bachmeier herausgefunden hatte. Er wusste, dass und wo Mathias gelegentlich einen Pornofilm aufbewahrte. Aber diesmal wollte er tatsächlich das ZDF sehen und drückte mehr aus Versehen als aus Neugierde auf die Taste für einen Videofilm.
Die ersten Bilder interessierten Bachmeier nicht besonders. Sie waren auf dem Reiterhof aufgenommen, wo sie zusammen so häufig ihre Freizeit verbrachten. Pferde und Reiten waren praktisch das einzige Interesse, das Vater und Stiefsohn teilten, abgesehen von ihrer gemeinsamen Sympathie für Sabine Dietz. Bachmeier vermutete, irgendwo musste er selbst auf diesem Film erscheinen. Er erinnerte sich, dass Mathias vor einigen Wochen mit der Kamera auf dem Hof herumgerannt war und auch mal einem Bekannten das Gerät in die Hand gedrückt hatte, damit er selbst auf dem Film war.
Plötzlich erschien Sabine Dietz auf dem Bildschirm, scherzend, in der Hand ein Getränk, mit dem sie in die Kamera prostete. Bachmeier konnte sich entsinnen, er hatte ihr gegenübergesessen, aber von ihm selbst waren nur einmal kurz seine Hände zu sehen. Dann ein abrupter Wechsel. Man sah Sabine, wie sie ihr Pferd aus dem Stall führte. Man sah, wie sie zusammen mit Mathias vor dem Pferd stand, man sah, wie sie auf das Pferd stieg, wie sie einen Feldweg entlangritt, wie sie zurückkam, wie sie abstieg, das Pferd pflegte, wie sie sich auf dem Hof bewegte, mit

Mathias plauderte, beide in die Kamera lachten, Mathias dann für einen kurzen Augenblick Sabine so fest den Arm nahm, wie er es sich sonst nie getraut hätte. Sabine löste sich höflich von Mathias.
Bachmeier war sich sicher, er war da einige Male in Sabines Nähe, aber Mathias oder wer immer die Kamera führte hatte darauf geachtet, dass er nicht in dem Film erschien. Vielleicht hatte man ihn aus dem Film geschnitten. Sieht Mathias gleich, dachte Bachmeier irritiert, dann war das Filmchen zu Ende.
Jetzt fiel Bachmeier wieder ein, warum er sich überhaupt in Mathias' Zimmer aufhielt. Schnell schaltete er das ZDF ein. Der Sprecher von „Aktenzeichen XY" kündigte gerade den abschließenden Fall an, einen Überfall auf eine nächtliche Joggerin. Bachmeier war verunsichert. Hatten sie den Film über das Geschehen in Heilbronn schon oder überhaupt gezeigt? „Mist! Warum habe ich nur den Schwachsinn von Mathias angeschaut", knurrte er verärgert. Er blickte auf die Uhr. Viel Zeit für die Sendung verblieb nicht mehr, höchstens einige schnelle Informationen. Aber offensichtlich hatte er den Film über das Geschehen in Heilbronn verpasst. Na, wenn schon, überlegte er, jetzt bleib ich auch hier. Es gibt bessere Sachen, als mit meiner Frau zusammen eine einfältige Musiksendung anzuschauen.
Er suchte und fand einen Pornofilm, schob ihn in das Gerät und schaltete auf Video um, drückte auf Start. Der Film lief gerade mal einige Minuten, da gingen die Akteure schon zur Sache. Plötzlich spürte er, dass auf seinem Handy eine SMS einging. Er zog das Gerät aus seiner Tasche, öffnete es, die Nachricht war von Sabine.

„Kannst du vor 10.30 h anrufen?“, las er und wählte sofort ihre Nummer.
„Hallo?“ Sabines vertraute Stimme klang geschäftsmäßig.
„Hallo Sabine, schön dich zu hören“, flüsterte Bachmeier. Er sprach leise und gedämpft. Ein nicht ganz erfolgreicher Versuch, vertraulich und ein wenig erotisch zu klingen.
„Hast du den Film gesehen?“, fragte sie unbeeindruckt.
„Welchen? Ach so, ‚Aktenzeichen XY‘. Nein, hab ich nicht gesehen.“
„Dachte, du wolltest ihn auch anschauen“, entgegnete sie leicht vorwurfsvoll.
„Ging nicht gut, meine Frau wollte etwas anderes sehen.“ Er ahnte schon ihre Frage und fügte hinzu: „Ich bin natürlich in meinem Arbeitszimmer, kann also ungestört reden.“
„Ich auch, Ralf hat heute ja seinen Skatabend.“
„Ach ja. Und, wie war der Film?“, fragte er.
„Nichts, was ich nicht sowieso wusste. Stand ja auch alles schon in der Zeitung“, erläuterte sie, „kann nicht verstehen, dass sich da keine Leute melden. Bei der Belohnung!“
„Hm, haben halt alle nichts Ungewöhnliches gesehen. Wer denkt schon an so etwas?“
„Wir haben doch viele Leute gesehen. Wir haben auch den Herrn Pflaum in der Nähe gesehen. Ich hätte die größte Lust zur Polizei zu gehen“, ereiferte sie sich.
„Aber sag besser nicht, dass wir zusammen waren“, mahnte Bachmeier.
„Keine Sorge, Paul. Ich kann es mir auch nicht leisten“, beruhigte sie ihn. Er freute sich über die Art, wie sie seinen Namen ausgesprochen hatte. Es klang in seinen Ohren weich und zärtlich.

„Aber was wolltest oder könntest du schon sagen?", hakte er nach.
„Hm ...", erklang es etwas ratlos am anderen Ende, dann nach einer kleinen Pause: „Die Polizei sagt ja, schon Kleinigkeiten könnten entscheidende Hinweise sein. Da war das Auto, gleich neben dem Pumpwerkhäuschen, und dann waren da einige Leute, das waren keine Schüler und keine Einheimischen, die Mittagspause machten."
„Sondern?"
Sabine Dietz atmete hörbar in das Telefon, dann fuhr sie fort: „Das sah nach Wohnsitzlosen oder etwas einfachen Ausländern aus."
„Ausländern? Doch nicht immer diese Vorurteile!", tadelte Bachmeier. „Außerdem wird die Polizei dich auffordern, die Gesichter und Kleidung zu beschreiben, kannst du das?", fügte er hinzu.
„Nein, kann ich nicht", gestand Sabine Dietz, „höchstens das Auto und eine Frau, die in der Nähe saß. Die erinnerte mich an jemand."
„So, an wen denn?"
„Eine in meiner Nachbarschaft, so ein Problemfall, alleinerziehend. Groß, hager, langes, dunkles Haar, schmuddeliges Aussehen. Für einen Moment dachte ich ...", erläuterte Sabine.
„Die Polizei würde das bestimmt interessieren. Die würden die Frau aufsuchen. Überlege dir gut, was du machst."
„Werde ich", stimmte sie ihm zu, „werde aber zuerst mal mit dem Herrn Pflaum reden."
„Gute Idee", erwiderte Bachmeier, „und was machst du nun?"

„Muss noch ein paar Dinge im Haus richten, Rolf kommt bald."
„Bleib noch ein wenig am Telefon", bat Bachmeier mit leiser Stimme.
„Nein. Es ist vorbei, das weißt du, Paul", stellte sie fest. Ihre Stimme klang ablehnend, selbst die Art, wie sie nun seinen Namen aussprach.
„Was hast du für 'nen Slip an?", fragte Bachmeier unbeirrt.
„Paaaul", entgegnete sie und zog seinen Namen mahnend in die Länge. Das war diesmal keine Koketterie, ihre Stimme klang verärgert.
„Keine Sorge, ich weiß, nur ein wenig Telefonsex, gefiel dir doch auch."
„Bitte! Nein!"
„Was heißt Nein? Komm, zehn Minuten nur", bettelte Bachmeier, allerdings ohne große Hoffnung. Er hatte sie immer dafür bewundert, wie konsequent sie ihre gemeinsame erotische Beziehung und ihre berufliche Tätigkeit auseinanderhalten konnte. Es passte zu ihr, dass sie sich nun nicht umstimmen ließ, aber er hoffte trotzdem auf eine Ausnahme. Er hörte, wie sie am anderen Ende der Leitung hörbar atmete, aber es war nicht das lustvolle Atmen, mit dem sie ihn manchmal angemacht hatte. Dann war da ein langes Schweigen.
„Tschüss, schlaf gut!", hörte er sie plötzlich sagen.
„Ja, danke, du auch", sagte er enttäuscht. Er lauschte noch in den Hörer, als er längst schon ein Knacken in der Leitung gehört hatte.

Kapitel 25

Anton Cartescu fuhr in den Hof der Polizeiwache und parkte. „Cris, warte im Auto bis ich komme“, sagte er zu seinem Beifahrer und stieg aus. „In Ordnung“, entgegnete Cris, gähnte, lehnte sich zurück, zog sein Handy aus der Jackentasche und spielte damit.

Anton ging in das Gebäude, sprach den ersten Polizisten an, der ihm begegnete und trug sein Anliegen vor.

„Da müssen Sie zum Chef, Oberwachtmeister Goma“, entgegnete der junge Uniformierte.

„Wo finde ich den, bitte?“

„Erste Tür links, aber anmelden!“

Anton tat wie ihm geheißen. Eine ältere Frau saß hinter einem Schreibtisch, hörte ihm zunächst missmutig zu, aber als er sagte, der Sohn des ermordeten Petr Cartescus zu sein, bekam sie kreisrunde Augen, sagte ein erstauntes „Oh“ und erhob sich von ihrem Stuhl. Wenige Minuten später wurde er zu dem Chef vorgelassen, der hinter einem großen Sekretär saß. Anton kannte ihn noch von seinem letzten Besuch, unmittelbar nach dem Tod seines Vaters. Polizeileiter Goma gab zunächst vor, ihn nicht mehr zu kennen, erst nach einigen Minuten: „Aha, ja, jetzt kann ich mich wieder entsinnen. Wir hatten dieses Jahr schon fünf Morde, drei sind schon aufgeklärt, bis ... aber wir arbeiten an den unaufgeklärten Fällen. Die lösen wir auch noch.“ Mit einer Kopfbewegung bedeutete er Anton, sich zu setzen.

„Aber es ist jetzt schon ein halbes Jahr her“, wagte Anton einzuwenden, nachdem er Platz genommen hatte. Polizeichef Goma richtete sich auf, blickte sein Gegenüber empört an und seine schwarzen Schnurrbartspitzen zitterten. „Sie kommen aus dem Westen und wollen sich hier wichtig machen?“

„Nein, nein, keinesfalls“, beschwichtigte Anton, „ich wollte mich nur mal erkundigen, dachte, Sie hatten damals schon einen Verdächtigen? Muss sagen, das war sehr schnell!“

„Hatten wir, hatten wir, aber der hatte tatsächlich ein Alibi“, erklärte der Polizeichef, „aber mehr kann ich nicht sagen.“

Anton zog unauffällig einen Fünfzig-Euro-Schein aus seiner Tasche und schob ihn vorsichtig auf den von ihm aus linken Rand der Tischplatte. Der Polizist senkte einen Moment die Augen, ein kurzes, zufriedenes Lächeln, aber er tat, als sehe er nichts.

„Und man konnte ihm nichts nachweisen?“, fragte Anton.

„Leider nicht. Aber er sitzt schon wieder. Es läuft ein Verfahren gegen ihn wegen schwerer Körperverletzung“, erläuterte Chef Goma.

„Aber meinen Vater hat er nicht ...?“

„Nein, da sind wir sicher. Aber wir erwischen den Täter schon noch“, versicherte der Polizist im Brustton der Überzeugung. Anton nickte heftig, wollte damit seine große Anerkennung zeigen. Der Polizeichef registrierte dies mit einem wohlwollenden Lächeln.

„Nur zwei Morde sind nicht aufgeklärt?“, versuchte Anton erneut, mehr Informationen zu bekommen.

„Richtig, aber die anderen drei Morde – innerhalb einer Woche hatten wir den Täter. Ein Mann brachte drei Verwandte um“, erklärte Chef Goma voller Stolz über den Fahndungserfolg.

„Glückwunsch! Und jetzt nur noch zwei unaufgeklärte Morde? Mehr als die Hälfte aufgeklärt? Gute Arbeit!"
„Kann man so sagen", stimmte der Polizeichef selbstgefällig zu, „uns entkommt keiner!"
„Davon bin ich überzeugt", entgegnete Anton voll geheuchelter Anerkennung. Auf dem Gesicht des Polizisten breitete sich wieder Wohlwollen aus. Er beugte sich ein wenig vor.
„Hören Sie", er senkte seine Stimme zu einem vertraulichen Ton, „die zwei unaufgeklärten Morde sind wahrscheinlich auch ein Doppelmord."
„Ach was! Wieso das? Mein Vater und noch jemand?"
„Ja, die andere Person heißt Adrian Enescu. Den Namen schon mal gehört?"
„Enescu?" Anton schüttelte den Kopf, dachte angestrengt nach. Den Namen verband er mit einer Person, aber mit wem nur? „Nein, Adrian? Noch nie gehört. Kenne zwar einen Dan Enescu, aber der hatte keinen Verwandten der Adrian hieß. – Mein ich wenigstens", fügte er nach kurzer Pause hinzu.
Der Polizeichef lehnte sich wieder zurück und zuckte mit den Schultern. Anton bemerkte, dass der Geldschein verschwunden war. „Hätte ja sein können", brummte Goma, nicht unfreundlich.
„Aber wieso ein möglicher Doppelmord", bohrte Anton nach.
Goma lächelte überlegen, lehnte sich zurück und musterte seinen Besucher. „Sie wurden beide mit der gleichen Waffe getötet!", verkündete er triumphierend, „mit einer Heckler und Koch."

Anton schüttelte den Kopf. „Kenn ich nicht. Haben wir beim Militär nie benutzt."
„Natürlich nicht!", erklärte Goma, „das ist eine deutsche Waffe, wird dort von der Polizei verwendet. Das haben die im Labor in Bukarest festgestellt."
„Bei der Polizei in Deutschland?", vergewisserte sich Anton. Und plötzlich fiel ihm ein, mit wem er den Namen Enescu in Verbindung brachte. Martha Enescu! Er schlug sich an die Stirn. Anton konnte sein schlagartig gestiegenes Interesse kaum unterdrücken.
„Was ist?", fragte Goma argwöhnisch.
„Nichts, nur so. Ich staune, was Sie alles schon wissen!"
„Ja, die Polizei in Deutschland verwendet solche Waffen. Wir finden alles raus." Goma nickte selbstgefällig, zwinkerte ihm mit dem linken Auge vertrauensselig zu.
Anton schüttelte nachdenklich den Kopf. „Aber, noch etwas, dieser Adrian Enescu, wie und wo wurde der erschossen?"
„Lesen Sie keine Zeitung?"
Anton schüttelte den Kopf.
„Ach so, Sie waren ja weg", zeigte Chef Goma Verständnis, „es war vor einigen Wochen. Am Nachmittag holte er noch seine Nichte von der Schule ab. Am Abend fand man ihn unweit von seinem Haus, erschossen! Camelia Enescu heißt die Nichte. Natürlich fragten wir das Mädchen, es machte einen etwas verstörten Eindruck, aber es wusste auch nichts."
Anton hatte genug gehört. Er versuchte das Gespräch so schnell wie möglich zu beenden und verabschiedete sich von dem Polizeichef. Als Anton auf den Hof trat, winkte ihm Cris aufgeregt, rannte ihm entgegen. „Was ist?"

„Maria hat Wehen. Wir müssen sie sofort ins Krankenhaus bringen“, flehte Cris ihn an.
„So ein Mist! Warum auch jetzt? Sollte doch erst in einer Woche sein!“, schimpfte Anton.
„Sie kann doch nichts dafür!“, verteidigte Cris empört seine Frau.
„Ich weiß jetzt, wer meinen Vater ermordet hat“, schrie er Cris an und setzte sich schnell hinter das Steuer, drehte den Schlüssel und ließ den Motor aufheulen. In hohem Tempo verließen sie den Hof, fuhren durch die Stadt. Keiner sprach ein Wort. Cris überlegte, konnte er Anton auffordern anzuhalten, damit er ein Taxi suchen konnte? Sie erreichten den Stadtrand und allmählich fand Anton wieder zu seiner gewohnt überlegten Fahrweise zurück.
„Tut mir leid, Cris, wegen vorhin“, entschuldigte er sich nach einigen Minuten, „Maria und das Kind sind wichtiger. Die Frau entkommt mir nicht. Wenn nicht heute, dann morgen!“

Kapitel 26

Adam hatte Alexander am Tag zuvor mit einer SMS zu einem Anruf aufgefordert. „Morgen, ca. 10–11h anrufen“, lautete die minimale Mitteilung. Alexander ging in einen der Internetläden in der Innenstadt. Dabei achtete er darauf, dass er in keinem der Geschäfte zu häufig auftauchte. Das war kein Problem, denn er hatte den Eindruck, dass nahezu jeden Monat ein neues Internetcafé oder Wettbüro in irgendwelchen zuvor leer stehenden Räumlichkeiten eröffnet wurde. Diesmal suchte er ein Internetcafé gegenüber dem Neckarturm auf.

Alexander öffnete die Tür und trat ein. Unmittelbar zu seiner Rechten saß ein sehr junger, schwarzhaariger Bursche hinter einem erhöhten Schreibtisch. Man hätte ihn eher in einer Schule vermutet, so jung war er noch. Nach Alexanders Eintritt nahm er sofort den Blick von dem Bildschirm, der links von ihm stand.

„Telefon oder Computer?“, fragte er leise.

Alexander blickte sich zunächst um. Trotz der frühen Tageszeit waren schon eine Reihe Benutzer anwesend. Soweit er es beurteilen konnte, waren es ausschließlich Ausländer. Der Angestellte vor ihm war da sicher keine Ausnahme. Er hatte das, was in der Tageszeitung in Berichten, die ihm Ella gelegentlich vorlas, wohl als „südländisches Aussehen“ beschrieben wurde.

„Telefonieren“, entgegnete Alexander endlich.

„Gehen Sie in Zelle drei“, forderte ihn der Junge auf und Alexander fiel seine sanfte Stimme und die vermutlich akzentfreie Aussprache auf.

„Gut“, stimmte er zu und blickte sich einen Moment suchend um. Alexander schloss sorgfältig die Tür hinter sich. In der Zelle neben ihm sprach gerade lautstark ein Afrikaner in das Telefon. Nach Alexanders Meinung klang es so ähnlich wie Englisch, eine Sprache, von der er sich die einfachsten Kenntnisse angeeignet hatte. Allerdings konnte er trotz der Lautstärke kein Wort von dem verstehen, was der Zellennachbar sprach.
Alexander wählte Adams Nummer. Er lauschte dem Läuten des Telefons am anderen Ende, nach dem dritten Mal ein Knacken in der Leitung, dann eine Stimme: „Prima.“
„Auch prima“, entgegnete Alexander. Es war ihr verabredeter Code, wenn sie geschäftlich miteinander reden wollten.
„Wie sieht es bei euch aus?“, wollte Adam wissen.
„Alles gut gegangen. Offenbar haben sie keine Spur“, entgegnete Alexander. „Die suchen immer noch“, fügte er hinzu.
„Wen und wo?“
„Offensichtlich vorwiegend in Deutschland. Die suchen besonders eine Frau“, erläuterte Alexander, dabei betonte er das Wort Frau.
„Frau?“, echote Adam, „Wieso das denn? Keine Männer?“
„Vielleicht schon, aber die schreiben nichts davon.“
„Ich trau denen trotzdem nicht.“
„Vielleicht, aber von einer Frau haben sie die DNA, von einem Mann vermutlich nicht. Aber was soll ich dir sagen?“
„Nichts, ist ja in Ordnung, nicht jetzt“, wiegelte Adam ab. „Was hast du vor?“

„Heute in einer Woche", erklärte Adam, aber seine Antwort klang mehr wie eine Frage.
„Heute in einer Woche? Alles klar. Wie immer."
„Wie immer", erklang es am anderen Ende der Leitung, dann signalisierte ein Klick, dass Adam das Gespräch beendet hatte.
Alexander legte langsam auf, musterte durch die Glasscheibe hindurch das Internetcafé. Die laute Stimme seines Zellennachbarn klang wieder bewusster an sein Ohr. Er verließ seinen Kabuff, zahlte bei dem jungen Angestellten und verließ gemächlich das Café.
Alexander suchte die Cafeteria bei Horten auf, aß eine Kleinigkeit und ging dann in sein Büro auf der anderen Neckarseite. Es war lediglich ein großer Raum mit zwei Schreibtischen und einigen Regalen, die er mit seinem Partner Roland teilte. Die einzige Toilette auf dem Stock stand auch anderen Hausbewohnern zur Verfügung. Über Roland selbst wusste er nicht allzu viel. Dass er Deutscher war und ursprünglich aus Rumänien stammte, ein wenig Russisch sprach und mit der Arbeitsvermittlung vermutlich mehr Erfolg hatte als er. Die Verbindung zu ihm war über Ellas Bekanntenkreis hergestellt worden.
Als Alexander das gemeinsame Büro betrat, war Roland nicht da. Er nahm Bleistift und Notizblock in die Hand und hörte zunächst seinen Anrufbeantworter ab. Es war das Übliche, einige Osteuropäer, die Arbeit suchten, aber keine Firmen, die Arbeitskräfte benötigten. Das überraschte ihn nicht. Er hatte gelernt, dass er die meist kleinen Klitschen selbst aufsuchen musste, die Leute wollten nicht über das Telefon in Erscheinung treten. Steuern und

Sozialabgaben wollten manche der möglichen Arbeitgeber tunlichst vermeiden. Alexander hörte den Anrufbeantworter erneut ab, machte sich einige Notizen, dann lehnte er sich in seinem Chefsessel zurück. Er gefiel sich in dieser Haltung. Es fehlten nur die Anrufe. In jeder Hand einen Telefonhörer, Verbindungen herzustellen, von dieser Rolle als Macher träumte er.
Das Gespräch mit Adam ging Alexander durch den Kopf. Er würde also wiederkommen. Er musste an die Belohnung denken, einhunderttausend Euro Belohnung. Gut möglich, dass Adam davon nichts wusste. Sogar sehr wahrscheinlich. Warum würde er sonst so ein Risiko eingehen? Er musste doch wissen, bei dieser hohen Belohnung konnte jeder schwach werden und der Polizei einen Tipp geben. Allerdings durfte da nichts bekannt werden. Ein Verräter wäre das Ziel vieler osteuropäischer Krimineller, selbst wenn sie mit dem Fall nicht unmittelbar zu tun hätten. Alexander wusste nur zu gut Bescheid über Treue, Loyalität und den Ehrenkodex. Er zündete sich eine Zigarette an, blickte zum Fenster hinaus. Der Gedanke an die Belohnung ließ ihn nicht los. Aber der deutschen Polizei trauen? Dem Gericht trauen, dass der Name eines möglichen Verräters geheim blieb? Alexander schüttelte nachdenklich den Kopf.

KAPITEL 27

Ich habe schon lange keine Tagebucheintragungen mehr gemacht. Muss wieder damit anfangen. Jetzt haben wir schon Oktober. Die Zeit mit Mutter und den Mädels war wirklich schön. Es gab da nur eine unschöne Sache mit Onkel Adrian, aber die wird sich garantiert nicht wiederholen. Dafür habe ich gesorgt! Da wir in letzter Zeit ziemlich viel Geld verbraucht haben, war es mir gerade recht, als mich Albin – mein Bekannter aus unserem Dorf, der Taxi fährt – fragte, ob ich mit ihm zusammen in den Westen fahren könnte. Sein Taxi tauge nichts mehr und er wolle sich einen guten Gebrauchtwagen in Deutschland kaufen. Er war noch nie im Westen, könne auch kein Deutsch. Ich sollte ihm da etwas helfen, auch als Dolmetscherin. (Er meint, ich kann sehr gut Deutsch!)
Ich hätte ja sagen können, spar dir dein Geld, ein Auto besorgen wir dir auch so. Aber Albin ist nicht der Typ dafür. Und wenn einer nicht der Typ dafür ist, dann geht es auch bestimmt schief. Er war schon als Kind so ein guter und immer etwas naiver Junge, ehrlich bis auf die Knochen. Er glaubt tatsächlich, dass ich im Westen bei der Ernte half und alte Menschen betreute.
Ich sagte ihm, dass ich im Westen einige Leute kenne, die ihm beim Autokauf helfen könnten. Stimmt ja auch. Da ist nahe Stuttgart samstags ein großer Gebrauchtwagenmarkt. Kornwestheim heißt der Ort. Wenn wir Glück haben, sind auch die Leute dort, die ich kenne und denen wir vertrauen können. Einer davon ist Amir, ein Autohändler aus Georgien, der schuldet mir noch einen Gefallen.

Eigentlich hatte ich mit Albin vereinbart, dass wir erst am Samstag fahren, aber er tauchte schon am Freitagmittag auf. Er war völlig aufgeregt. Sagte, er habe heute früh das Geld abgehoben, trage es in einer Tasche in der Innenseite seiner Hose. Sag das keinem Menschen, warnte ich ihn, sonst bist du es schnell los. Ha, dir kann ich ja trauen, entgegnete er. Mir schon, versicherte ich ihm. Es ist ja auch so, mir können alle trauen, solange sie mir nicht dumm kommen. Dann redete Albin davon, was er alles für seine Frau und die vier Kinder kaufen wolle. Ich ließ ihn reden. Selten jemand gesehen, der sich so auf eine Reise in den Westen freute.

Es war ein schöner Tag. Wir saßen vor dem Haus in der Sonne, plauderten, aßen Brote und tranken Wein. Mutter und die großen Mädchen hatten im Haus zu tun, ich kümmerte mich um die kleine Cynthia. Irgendwann fragte Albin mich auch, ob ich den Anton Cartescu kenne, der, dessen Vater ...

Ja, was ist mit dem? Ich sagte es so, dass es ganz beiläufig klang. Da erzählte er mir, dass er ihn heute früh in Timisoara gesehen habe, der sei aus Österreich auf Besuch da. Er habe ihn gleich erkannt, als er seinen schönen Mercedes auf dem Parkplatz der Polizei abstellte. Der erkundigte sich bestimmt, ob es im Fall seines Vaters etwas Neues gebe, meinte er. Das kann ich gut verstehen, stimmte ich ihm zu, gut möglich, dass dieser Anton Cartescu auch bei mir auftaucht. Eigentlich ein netter Typ. Das meinte auch Albin.

Nach einiger Zeit entdeckte Albin unseren neuen Liegestuhl unterm Baum. Albin gefiel der so gut, dass er sich reinlegte und die Schuhe auszog. Ich glaube, er lag keine zwei Minuten in dem Stuhl, da fielen ihm die Augen zu und nach fünf Minuten schnarchte er. Ich nahm Cynthia und ging mit ihr ins Haus. Schließlich hatte ich auch noch einiges zu tun.

Ungefähr um fünf Uhr wachte Albin auf. Es war ihm peinlich, dass er bei uns einfach so geschlafen hatte und dann auch noch so lange. Er wollte sich dafür entschuldigen. Er habe so früh mit der Arbeit angefangen. Ich beruhigte ihn, machte ihm eine Tasse Kaffee. Ja, und dann hatte er plötzlich die Idee.

„Was hältst du davon, wenn wir jetzt schon fahren? Ich fahre gerne nachts."

„Jetzt?"

Ich war überrascht und unschlüssig. Camelia saß neben mir. Ich glaube, sie konnte meine Gedanken lesen. „Mama, wenn du jetzt schon gehen möchtest, Cilia und ich sind groß genug, wir kümmern uns hier um alles", erklärte sie. Ich nahm sie in den Arm. Sie ist so ein gutes Mädchen. „Lieb von dir, ich muss es mir überlegen", entgegnete ich. Aber so richtig Lust hatte ich keine. Zu Hause war es einfach zu schön.

Kapitel 28

„Cris, wir fahren nach Hause, tauschen die Autos. Du nimmst mein Auto und ich nehme dein Auto“, befahl Anton.
„Wieso das denn?“
„Wenn ich zu der Frau rausfahre, soll sie nicht schon von Weitem erkennen, wer da kommt. Ich weiß ja nicht, wie sie jetzt reagiert. Und wie ich erst reagieren werde! Eigentlich war sie das letzte Mal recht nett zu mir ...“
„Ich fahr mit! Du fährst nicht alleine zu ihr!“, widersprach Cris.
„Du fährst Maria ins Krankenhaus!“
„Sowieso. Aber ich möchte nun mal nicht, dass du allein zu ihr fährst, wenn sie tatsächlich ...“
„Du glaubst doch nicht, dass die mich einfach umlegt? Vor ihren Kindern und ihrer Mutter? Außerdem stecke ich mir ’ne Waffe ein“, versuchte es Anton erneut.
„Ja, und was möchtest du damit? Warum ’ne Waffe? Sie umlegen?“, wollte Cris wissen.
Anton zögerte, dachte nach. „Ja, eigentlich hast du recht“, stimmte er kleinlaut zu. Dann nach einer kleinen Pause, fügte er hinzu: „Ich glaub, ich hab’s!“
„So, was denn?“
„Ich geh einfach hin, unterhalt mich mit ihr, sag ihr, ich fahr in ein paar Tagen wieder nach Österreich, ob sie mit möchte.“
„Hm“, Cris überlegte, massierte sich mit der rechten Hand das Kinn.
„Und was, wenn sie mitfährt?“, fuhr er fort.

„Dann ist alles möglich. Sie darf halt nicht misstrauisch werden."
„Das mein ich aber auch! Und jetzt fahren wir Maria ins Krankenhaus. Du gehst doch mit?", fragte Cris.
„Genau!", stimmte Anton zu. Freude klang in seiner Stimme.
Eine halbe Stunde später erreichten sie das kleine Gehöft von Cris. Seine Schwiegermutter stand vor dem Haus, empfing sie ungeduldig. Sofort geleiteten sie Maria vorsichtig in den Golf und fuhren ins Krankenhaus, wo sie die nächsten Stunden verbrachten. Endlich erschien ein Arzt.
„Noch nicht so weit. Fehlalarm. Kommen Sie morgen früh wieder", sagte er zu Cris. Die beiden Männer tauschten Blicke aus. Cris nickte. Sie waren sich einig, fuhren los und bogen in die Straße ein, die aus Timisoara hinausführte. Sie sprachen während der Fahrt wenig, hingen ihren Gedanken nach. Nach einiger Zeit meldete sich Anton: „Fahr mal langsamer, ich meine, wir müssen jetzt links abbiegen. Ja, da vorne."
„Alles klar."
Cris verlangsamte das Tempo und bog ab. Ein breiter Schotterweg nahm sie auf. Sie fuhren eine kurze Strecke an Gärten und Häusern vorbei, durchquerten ein Wäldchen, und dann lag das kleine Gehöft unmittelbar vor ihnen. Anton wurde zunehmend nervös und tastete mit seiner rechten Hand ständig nach der Waffe in seiner Jackentasche.
„Hier?"
Anton reagierte nicht auf Cris' Frage. Er nickte lediglich, atmete stoßweise und musterte angestrengt das Gebäude,

während Cris das Tempo verlangsamte und das Auto endlich mit laufendem Motor auf dem Hof parkte.
„Ja, hier ist es“, bestätigte Anton, zog dabei aber gleichzeitig seine Hand von der Waffe zurück. Plötzlich kam ihm der Gedanke, dass er nicht nur sich, sondern auch Cris, der gerade Vater wurde, in eine möglicherweise unberechenbare Gefahr gebracht hatte. Aber es war zu spät und sie wurden auch sofort abgelenkt. Aus dem Haus drangen Stimmen, gleich darauf öffnete sich die Tür, drei Mädchen, unterschiedlich groß, drängten sich heraus, hinter ihnen schlürfte eine alte Frau
„Wo ist sie?“, zischelte Cris.
„Keine Ahnung“, entgegnete Anton leise, „ich steig mal aus.“ Er verließ das Fahrzeug, gleichzeitig kroch die Angst in ihm hoch, Angst, die Frau könnte sich irgendwo verbergen, auf Cris oder ihn zielen. Aber er konnte keine verdächtige Wahrnehmung machen. Die Mädchen näherten sich und musterten ihn voll unbefangener, freundlicher Neugierde. Lediglich die alte Frau blickte seltsam teilnahmslos drein.
„Ich kenn Sie, Sie waren schon mal da“, sagte eines der älteren Mädchen und lächelte ihn an.
„Richtig“, entgegnete Anton. Die freundliche Art der netten Göre tat ihm gut.
„Wo ist denn deine Mutter?“, fuhr er fort.
„Nicht mehr da!“, entgegneten alle drei Mädchen fast gleichzeitig. Selbst die Kleine stimmte in den Chor mit ein.
„So, und wo ist sie denn?“, fragte Anton und er hörte, dass hinter ihm Cris den Motor abstellte.
„Die ist vor ungefähr zwei Stunden mit Albin nach

Deutschland gefahren“, entgegnete das Mädchen, das ihn zuerst angesprochen hatte.

„Ach was? Und wohin denn?“

Die beiden älteren der Mädchen, munter und aufgeschlossen, erklärten ihm die genauen Umstände der plötzlichen Abreise, dass Albin nahe der Stadt Stuttgart auf einem großen Markt ein Auto kaufen wolle und die Mama ihm dabei helfe. Eines der Mädels rannte dann ins Haus zurück, kam mit einer Mitteleuropakarte zurück und zeigte ihm voller Stolz das Ziel. „Hier!“, sagte sie und deutete auf die Stadt Stuttgart.

Anton nickte voller Anerkennung. Er hatte schon von dem Automarkt, der besonders bei Osteuropäern beliebt war, gehört. Es war in Kornwestheim nahe Stuttgart. Und plötzlich spürte Anton, wie erleichtert er war. Er drehte sich um und lächelte Cris an.

Kapitel 29

Lange beschäftigte sich Dieter mit dem Gedanken, Irmgard doch noch zu überreden, bei der Polizei eine Aussage zu machen. Aber allmählich erschien ihm der zeitliche Abstand zu groß. Die Polizei würde sicher fragen, warum jetzt erst? All die Erklärungen. Was war mit seiner gesellschaftlichen Verantwortung geschehen? Aber was konnte er seiner Frau zumuten? Er war sich sicher, sie würde völlig entsetzt reagieren. Nur ihn selbst beschäftigte der Gedanke an den Anschlag immer wieder.

Der Mordtag lag nun schon ein halbes Jahr zurück, als sie ihr Gärtle in der Schrebergartenkolonie direkt neben der B 27 in Kornwestheim aufsuchten. Eigentlich wollten sie es bald abgeben, denn ausgerechnet im Ruhestand fehlte ihnen für die Gartenarbeit die Zeit, jetzt bevorzugten sie Kurzreisen und Radtouren. Was ihnen auch immer wieder die Freude an ihrem Schrebergarten verleidete, das waren Ereignisse wie an diesem milden Oktobertag: jemand war vor ihnen da gewesen und hatte schon ihre Tomaten und Paprika geerntet.

„Komm, wir gehen wieder, kaufen auf dem Heimweg ein", erklärte ein verärgerter Dieter. Irmgard nickte stumm. Sie suchten die dürftigen Reste zusammen, schlossen das Gartentor und schoben ihre Räder auf dem schmalen Weg dem Ausgang der Anlage zu. Dort standen einige offenbar erboste Kleingärtner und schimpften.

„Lumpenpack, eingebrochen, älles kaputt. Und bei mir hen'se sich ao Essa g'macht, sieht aus wie Eintopf! Ond mei Bier dronka!"

„Wenn ich die erwisch …“, drohte ein vielleicht schon Achtzigjähriger in einem weißen, ärmellosen Unterhemd, die Daumen unter seinen Hosenträgern eingehakt, „die bring ich um! Gehören alle an die Wand g'stellt!“
Dieter tauschte einen vielsagenden Blick mit Irmgard, wandte sich angewidert ab. Er kannte den Alten als einen Ewiggestrigen.
„Bei euch auch ei'brocha?“, wurden sie von einem anderen Kleingärtner gefragt. Dieter und Irmgard erklärten kurz den Gemüsediebstahl. Dabei erfuhren sie, dass in vier Gartenhäusern eingebrochen worden war. Die Polizei wäre benachrichtigt worden, sie sei schon auf dem Weg.
„Des waren keine domme Lausbuben, des waren Verbrecher! Des waren beschtimmt koine von hier“, wetterte der erboste Fragesteller.
„Ach was! Abwarten, bis man mehr weiß“, beschwichtigte Dieter, gleichzeitig bemerkte er, wie Irmgard erschreckt zusammenzuckte. Sie gingen schnell weiter. Dieter musste an den nahen Gebrauchtwagenmarkt denken, musste sich eingestehen, die Käufer kamen häufig aus Osteuropa. Plötzlich hatte er eine bedrückende Ahnung. Da bestand ein Zusammenhang mit dem Polizistenmord. Er war sich sicher. In den nächsten Tagen sollten Zeitungsberichte seinen Verdacht bestätigen. Die Polizei fand DNA-Spuren der gesuchten Phantomfrau.
Der Bericht in der Zeitung war für Dieter der Auslöser, um Irmgard nach dem Frühstück direkt anzusprechen. Irmgard hatte gerade den letzten Kaffee zwischen ihnen aufgeteilt.
„Schatz, ich weiß, wie dich die Sache von damals belastet, aber wir sollten mit der Polizei sprechen.“

Irmgard blickte ihn erschrocken an, ließ die Hand mit der leeren Kanne langsam sinken. „Sprechen, über was?“ Sie stellte die Kanne zurück, setzte sich ganz bedächtig auf ihren Stuhl.

„Das, was du genau gesehen hast, als wir im April in Heilbronn waren. Die Täter laufen immer noch frei rum!“

„Ich habe nichts gesehen!“

„Irmgard, doch! Das wenige, das du gesehen hast, könnte der Polizei helfen.“

Irmgard stützte die Ellbogen auf dem Tisch auf, verbarg ihr Gesicht in den Händen. Nach einer Weile ließ sie die Hände sinken, hob ihren Kopf und blickte ihren Mann voll an: „Dieter, ich möchte den Garten nicht mehr.“

Dieter war nicht überrascht. „In Ordnung, wie du meinst.“ Nach einer kleinen Pause fuhr er fort: „Hat es damit zu tun?“ Eine Weile schwiegen sie, blickten aneinander vorbei.

„Ja, auch. Der Mann in Heilbronn sah aus wie der, der mich gefesselt hatte, damals ... Mein Glück, dass der Heinz mit seinem Händy in der Nähe war!“, begann Irmgard endlich, „und bei der Verhandlung hat mir sein Landsmann gedroht: Ich finde raus, wo du wohnst und bring dich um! Und er hat dann auch unsere Telefonnummer rausgefunden!“

„Die haben wir doch gleich geändert. Außerdem, der Mann wurde schon lange abgeschoben“, beruhigte sie Dieter.

„Abgeschoben? Dann kann man auch wieder einreisen. Und die zwei Täter, sitzen die überhaupt noch? Ich weiß, ich wollte das alles vergessen, aber es geht nicht.“

„Bist du sicher, dass es der eine Täter war?“, fragte Dieter vorsichtig.

„Ja, nein, so richtig nicht, aber ich dachte im ersten Moment, er war es. Ich weiß, das ist mir schon öfters passiert."

„Aber das Auto kannst du genau beschreiben?"

Irmgard nickte zustimmend. Dann schüttelte sie plötzlich energisch den Kopf. „Nein, ich kann es einfach nicht, vor Gericht erscheinen, Aussagen machen, irgendwo steht dann mein Name mit Anschrift, ein Verteidiger sieht es, dann erfahren es diese Verbrecher. Nein, ich kann es nicht."

„Es gibt Zeugenschutz", wandte Dieter leise ein.

„Was wurde mir das letzte Mal versprochen!" Irmgards Stimme klang höhnisch, dann verbarg sie ihr Gesicht in den Händen, schluchzte.

Dieter stand auf, streichelte ihr über den Kopf. „Beruhige dich, Schatz. Wir gehen nicht zur Polizei. Und ich erledige das heute noch mit dem Garten. Wir geben ihn zum Jahresende auf. Ich weiß, der Mehmet sucht einen Garten. Die haben doch vier Kinder, können einen Garten gebrauchen. Wir sprachen vor Kurzem darüber, er sagte, wir könnten ihn dann immer mal besuchen, sehen, wie unser Garten aussieht ..."

Kapitel 30

Adam hatte für die Reise in den Westen keinen passenden Partner gefunden, aber er war sich sicher, er kannte in Deutschland genug Leute, mit denen er einige Sachen machen konnte. Er hatte da seine Verbindungen, besonders aus der Zeit, die er im Knast verbracht hatte. Da war ein sehr hilfreiches Netzwerk entstanden. Wie üblich legte er auf der Reise in den Westen auch diesmal einen Stopp bei seinem Kumpel Oleg in der Holiday Bar, nahe Pilsen, ein.

Es war kurz vor Mitternacht, als er ankam, und es herrschte Hochbetrieb. Oleg hatte wenig Zeit, begrüßte ihn nur kurz. Adam setzte sich an die Bar, bestellte einen Drink und beobachtete das Geschehen. Unter den Frauen waren einige neue Gesichter, unverbraucht, jung und hübsch. Mit jedem zusätzlichen Getränk gefielen sie Adam besser. Irgendwann kam Olga, Olegs Partnerin, vorbei. Sie begrüßte ihn überraschend freundlich. So kannte er sie gar nicht. In nüchternem Zustand wäre er misstrauisch geworden, aber so war es nur ein kurzer, flüchtiger Gedanke des Argwohns, den er nicht weiter beachtete.

„Hast du was Nettes, Junges, mit einem herrlichen Schaumbad?“, fragte er.

Sie zögerte, überlegte kurz. „Für dich? Komm mit!“, forderte sie ihn dann auf und zwinkerte ihm vertraulich zu. Adam stand auf, schob dem Barkeeper einen Geldschein hinüber und folgte Olga.

Am nächsten Morgen erhielt die Polizei in Pilsen einen Anruf.

„Holiday Bar hier, wir haben einen Toten."
„Einen Toten? Und wer hat ihn umgebracht? Weiß man es?", fragte der Polizist, seine Stimme klang sachlich, ohne Aufregung.
„Nein. Niemand hat ihn umgebracht. Selbstmord!"
„Selbstmord im Puff? Komisch."
Olga hörte Lachen im Hintergrund, dann eine entfernte Stimme: „Würde mir nie einfallen, da gibt's doch Besseres zu tun."
„Ruhe", hörte sie nun undeutlich die Stimme des Polizisten, der offenbar nicht mehr in das Telefon sprach, es vielleicht mit der Hand abgedeckt hatte, und dann wieder deutlicher an Olga gewandt, fragte: „Entschuldigung. Nochmals, ein Selbstmord, sagen Sie?"
„Ja, vermutlich Selbstmord. Legte sich mit einem Haarfön zusammen in die Badewanne." Olga schmunzelte genüsslich, während sie den Satz sprach.
„Keine dummen Scherze! Wir schicken jemand. Weiß man den Namen?"
„Ja, Adam. Adam Adamow, ein Russe."
Da war ein Zögern am anderen Ende, dann erwiderte der Polizist: „Ein Russe? Ach, ich glaube wir informieren auch gleich den Bestatter. Da machen wir nicht lang rum."

Kapitel 31

Ein neuer Arbeitstag in der Heilbronner Polizeizentrale. Franz Heller, Leiter der zuständigen Sonderkommission, stand wie so häufig wieder einmal schweigend vor der riesigen Karte von Heilbronn. In den letzten Monaten war es fast so etwas wie ein Ritual geworden, wenn er morgens seine Dienststelle betrat. Die Geräusche im Hintergrund, gedämpfte Stimmen, das gelegentliche Läuten eines Telefons oder eine Handymelodie, umbrandeten ihn. Er bemerkte, dass jemand neben ihn trat, seinen Blicken folgte.

„Morgen, Franz“, hörte er endlich die vertraute Stimme von Hubert Prinz.

„Morgen, Hubert“, entgegnete er und wandte sich seinem Kollegen zu. Franz Heller lächelte und nickte. Hubert lächelte zurück, zuckte dann etwas hilflos mit den Schultern. Beide Männer richteten nun erneut ihre Blicke auf die Karte und schwiegen.

„Wie geht es nun weiter? Gehen wir an die Presse?“, unterbrach Hubert Prinz endlich das Schweigen.

„Presse? Was können wir schon präsentieren? Die warten darauf, dass wir die Verhaftung eines oder mehrerer Verdächtigen bekannt geben. Und die Beweise sollten natürlich erdrückend sein!“

„Einen toten Verdächtigen haben wir ja. Mehr als nur verdächtig!“, gab Prinz zu bedenken.

„Du meinst Adamow?“, versicherte sich Heller.

„Ja, genau.“

„Ich bin überzeugt, er war einer der Täter, und tot ist er auch. Aber irgendwie lächerlich. Wir gehen an die Öffentlichkeit und sagen, ein Hauptverdächtiger und der vermutliche Anführer der Gruppe hat in einem Bordell nahe Prag Selbstmord verübt. Akten geschlossen?" Heller schüttelte missmutig den Kopf.

„Fahndungsdruck! Deshalb Selbstmord!", stellte Hubert Prinz fest.

„Ach was!", entgegnete Heller mit einer wegwerfenden Handbewegung.

„Jetzt präsentiert die Polizei einen Toten, der kann nicht widersprechen und die wirklichen Täter laufen noch immer frei rum, so wird es dann heißen", fügte Heller knurrend hinzu.

Prinz wollte nicht klein beigeben, beharrte auf seiner Meinung. „Oder der Täter machte Selbstmord. Der Fahndungsdruck wurde einfach zu groß."

„Ich bin nicht mal so sicher, dass es Selbstmord war", widersprach sein Vorgesetzter und schüttelte nachdenklich den Kopf.

„Kann schon sein, aber für die Kollegen in Prag ist es so die einfachste Lösung", stimmte Prinz zu.

„Sicher. Außerdem, soll man den Adamow bei uns noch für Jahre im Knast durchfüttern? Kommt hinzu, er hatte Aids. Wenn ich es mir überlege, vielleicht wollte er doch so seinen Abgang machen?"

Prinz nickte, lächelte säuerlich. „Hm, nicht unmöglich. Aber mit so einer Theorie kann man natürlich nicht an die Öffentlichkeit gehen."

„Nein, bestimmt nicht", stimmte ihm Heller zu, „aber was ich dir noch nicht gesagt habe, der Bankraub in Bretzfeld, du weißt doch, drei Tage vor dem Anschlag auf der The-

resienwiese, da können wir wohl auch die Akte schließen."
„Ach was? Du meinst dieser Michail Sikaro?"
„Sikora."
Heller nickte, hob dann seine rechte Hand, bog den Zeigefinger wie bei einem Schuss in den Kopf.
„Ok, Sikora, der, von dem wir nach dem Überfall auf die Bank das Phantombild veröffentlicht haben? Auch tot? Sag bloß, auch Selbstmord?"
Heller schüttelte den Kopf und verzog nachdenklich das Gesicht.
„Nein, nein, muss eher eine Hinrichtung gewesen sein", erläuterte er, „gestern Abend habe ich es von den Pragern erfahren. Sie haben seine Leiche schon vor einiger Zeit in Tschechien, nahe der polnischen Grenze gefunden, zusammen mit einer Prostituierten."
„Ach was?", staunte Prinz, „und?"
„Sie wurden mit einer ehemaligen tschechischen Armeewaffe erschossen. Besitzer natürlich unbekannt."
„Das kann ich mir denken", stimmte Prinz zu und schüttelte abfällig den Kopf.
„Du siehst, wir haben zwei Hauptverdächtige, wir haben genug Beweise, und nun sind sie beide tot", stellte Heller fest. Er machte sich keine Mühe, seinen Ärger zu verbergen.
„Mist! Irgendwie, irgendwann hätten wir sie geschnappt, wenn sie wieder in Deutschland aufgetaucht wären", beteuerte Prinz.
„Das mein ich doch auch", versicherte Heller, „aber damit gehen wir nicht vor die Presse. Würde uns auch nur schaden. Es bleibt diese Frau. Die rennt noch da draußen rum. Aber nicht für immer!"

„Ja, stimmt, die Phantomfrau, die Frau ohne Gesicht, darauf fahren die Medien ab“, entgegnete Prinz, „dabei spielte sie vermutlich nur eine Nebenrolle.“
„Wir wissen es nicht, aber einer könnte vielleicht mehr dazu sagen“, gab Heller zu bedenken.
„Du meinst diesen Pflaum?“
Heller nickte.
„Ja, genau. Den sollten wir uns mal genauer vorknöpfen. Pflaum hat sicher Einiges am laufen. Dem trau’ ich zu, an dem Anschlag beteiligt gewesen zu sein, vielleicht auch seine Frau. Und vermutlich noch einige andere aus dem Umfeld. Es ist noch nicht aller Tage Abend. Die haben doch ihr Netzwerk.“
„Genau. Franz, wir lassen uns nicht unterkriegen, wir haben Zeit. Einen müssen wir zum Reden bringen!“, entgegnete Hubert Prinz voll grimmiger Zuversicht.
„Ja, irgendwann“, stimmte ihm Heller zu, „aber die Angst vor Rache oder ihre Ganovenehre spielt jetzt vielleicht noch eine zu große Rolle. Das kriegen wir schon noch hin.“
Die Männer nickten sich aufmunternd zu.

Kapitel 32

„Hast du heute Abend vielleicht wieder in Schwaigern zu tun? Dann könnten wir zusammen nach Hause fahren, wenn ich bei Hamann fertig bin?“, schlug Ella ihrem Mann vor.
„Ja, gute Idee. Marco ist der Chef bei der Spätschicht, der möchte mich sprechen, die stellen möglicherweise noch einen Mann ein“, erwiderte Alexander. Er verschwieg ihr, dass er es war, der Marco, seinen ehemaligen Vorarbeiter bei Hamann, sprechen wollte.
„Ach Marco? Ist der nicht mit dem Seniorchef verwandt? Der hat bestimmt einigen Einfluss“, stellte Ella anerkennend fest.
„Genau! Das mein ich nämlich auch!“
Alexander und Ella verließen zusammen die Wohnung. Vor dem Haus verabschiedeten sie sich voneinander.
„Bis heute Abend!“
Ella warf ihm ein Küsschen zu. „Ja, bis heute Abend.“
Alexander ging die Straße entlang, bog dann rechts ab. Kurz darauf trat er in eine Telefonzelle. Dieser Ort war eine Anlaufstelle für ihn, wenn er wieder mal seinem eigenen Telefon misstraute. Er steckte seine Karte in den Schlitz, las Marcos Nummer von seinem Handy und tippte die entsprechenden Zahlen ein. Erwartungsgemäß hatte dieser sein Gerät nicht eingeschaltet. Alexander zögerte etwas, dann sprach er seine Mitteilung: „Komme heute etwas früher. Wichtig.“ Dann legte er auf. Er wusste, Marco würde im Laufe des Nachmittags eine Pause machen und dann sein Handy abhören.

Den Nachmittag verbrachte Alexander in Heilbronn. Er hatte tatsächlich mit einigen Osteuropäern einige mögliche Arbeitsgeber abgeklappert, ehe er nach Schwaigern fuhr. Jetzt war es etwa zwanzig Uhr dreißig, als Alexander langsam am Haupteingang der Firma Hamann vorbeifuhr und dann einige hundert Meter weiter entfernt anhielt. Die Sache gefiel ihm nicht. Es war noch zu hell, um seine Bestellung, wie er es manchmal nannte, abzuholen. Daran hatte er nicht gedacht.

Die Sonne näherte sich dem Horizont. Ein wunderschöner Sonnenuntergang bahnte sich an, aber dafür hatte Alexander keine Augen. Er stellte den Motor ab, steckte sich eine Zigarette an und fing an zu rauchen. Immer wieder blickte er auf die Uhr. Er wusste, Marco würde nach ihm Ausschau halten. Endlich fing es an zu dämmern. Ohne Hast verließ er sein Fahrzeug.

Als Alexander um das Fabrikgebäude bog und in den Hof spähte, entdeckte er Marco, der gerade nahe einem Container beschäftigt war. In unmittelbarer Nähe hatte er auch seinen kürzlich erworbenen 520er BMW geparkt.

„Den lass ich so spät abends nicht auf der Straße stehen. Es wird zu viel gestohlen. All die Ausländer und so weiter“, hatte er Alexander einmal erklärt. „Natürlich nicht solche wie du“, hatte er noch schnell hinzugefügt. Marcos und Alexanders gemeinsame kriminelle Karriere hatte damit begonnen, dass der Vorarbeiter seinem Arbeiter auf die Schliche gekommen war. Statt den Vorgang zu melden, hatte sich Marco mit ein paar Blauen bestechen lassen.

Marco erkannte ihn sofort, winkte ihm kurz zu und schlenderte über das Hofgelände. „Hallo, Alex, sieht man

dich auch mal wieder hier?“, begrüßte ihn Marco ziemlich laut, trotz der geringen Entfernung.
„Ja, guten Tag, lange nicht gesehen, hatte in Umgebung zu tun“, entgegnete Alexander, nicht weniger laut. Er hatte Marcos Verhalten sofort verstanden. Der wollte sicher sein, dass ein möglicher Beobachter sie und ihre harmlose Unterhaltung auch hören konnte.
Marco war nun am Zaun angelangt, trat ganz dicht heran. Während er freundlich mit dem Kopf nickte, sagte er leise: „Vorerst geht es nicht mehr, zu hell. Irgendwie, ich trau der Sache auch nicht mehr, erzähl es dir ein anderes Mal.“
Auch Alexander nickte gestenreich und freundlich und erwiderte leise: „Ich auch ungutes Gefühl. Schade, Geschäft gut.“ Marco blickte ihn an, nickte. „Stimmt. Melde dich, wann.“
Dann sagte er laut und freundlich: „Also Alex, mach’s gut, Tschüss!“ Er hob die Rechte zum Gruß, winkte ihm zu. Alexander erwiderte seinen Gruß. Marco ging zurück zum Gebäude.
Alexander schlenderte langsam zu seinem Fahrzeug, setzte sich rein, rauchte gemächlich eine erneute Zigarette und startete anschließend den Motor. Es war Zeit, Ella am Haupteingang zu treffen. Er fuhr an, wendete und parkte dann gegenüber dem Haupteingang.
Kurz nach einundzwanzig Uhr kamen mehrere Frauen durch den Haupteingang heraus. Sie verabschiedeten sich hastig und laut voneinander, jede der Frauen schien es eilig zu haben. Ella hatte Alexander gleich erspäht. Sie lief über die Straße, riss die Tür auf und ließ sich zufrieden auf den Sitz fallen.

„Endlich! Hast du etwas erreicht?“, fragte sie Alexander.
„Nein, nicht viel. Marco sagte, der Chef möchte diesen Monat noch niemand einstellen. Aber er braucht dringend jemand.“
„Schade. Vielleicht später?“
„Gut möglich“, entgegnete Alexander und startete den Motor.
In wenigen Minuten waren sie auf der Bundesstraße 293 Richtung Heilbronn. Die Dämmerung war nun vollständig hereingebrochen. Der milde, trockene Abend verführte zum zügigen Fahren.
„Vorsicht, Alexander“, mahnte Ella, „du weißt, hier haben sie häufig Kontrollen.“
„Stimmt, aber sag das mal dem, der mich gerade überholt hat!“, entgegnete Alexander. Zwar wollte er seiner Frau ungern recht geben, aber er musste trotzdem bald die Geschwindigkeit reduzieren. Es dauerte nur wenige Minuten, der Verkehr wurde zähfließend, rote Rücklichter leuchteten auf und in einiger Entfernung kreiste das Blaulicht eines Polizeifahrzeugs in der Dunkelheit.
„Tatsächlich, eine Kontrolle“, stellte Alexander überrascht fest, „ich hoffe, es geht schnell.“
„Es sieht aus, wie wenn sie die Leute schnell durchwinken“, beruhigte ihn Ella, die sich in ihrem Sitz aufgerichtet hatte und nach einigem Zögern wieder zurücklehnte.
Nach wenigen Minuten hatten sie den Kontrollpunkt erreicht. Mehrere Polizeifahrzeuge standen am Straßenrand und in einer Parkbucht. Einige Beamte hatten sich mit Maschinenpistolen im Anschlag postiert. Das Fahrzeug vor ihnen – offenbar ein älterer Herr mit grauem Haarkranz

am Steuer – musste kaum anhalten, erhielt sofort ein beruhigendes Handzeichen zum Weiterfahren. Nun waren sie an der Reihe, ein Polizist mit einer roten Warnkelle lotste sie in die Parkbucht.

„Wieso das denn?“, murrte Alexander kaum vernehmbar.

„Du hast doch Führerschein und Papiere dabei?“, fragte Ella besorgt.

„Natürlich. Aber wenn die mich reden hören, dann denken die gleich: ein Ausländer, der hat etwas verbrochen.“

Alexander folgte der Geste eines Polizisten, stoppte das Fahrzeug und stellte den Motor ab.

„Du bist Deutscher. Wir sind Deutsche!“, erklärte nun Ella mit Nachdruck, „denk daran!“

Alexander warf Ella einen unsicheren Blick zu, nahm die Papiere aus dem Handschuhfach und ließ das Fenster herunter. Ein Uniformierter näherte sich dem Fahrzeug und studierte die Unterlagen sehr sorgfältig. „Sie sind das Ehepaar Pflaum?“, fragte er mit lauter Stimme. Beide nickten. Plötzlich wurden die Autotüren aufgerissen. Polizisten mit Maschinenpistolen im Anschlag zielten auf Alexander und Ella.

„Hände hoch! Sofort aussteigen!“, bellte eine Stimme. Alexander folgte der Anweisung ohne Zögern, so, als ob er darauf gewartet hätte, aber Ella blieb erschrocken und starr sitzen.

„Keine verdächtige Bewegung, raus!“, schrie sie ein Beamter an. Völlig benommen stieg sie endlich aus dem Fahrzeug, jemand drehte sie gegen das Auto, drückte sie nach vorne, Arme nach oben, Hände tasteten sie ab. Für einen Augenblick erkannte Ella eine geduckte Frauengestalt unter ihrem rechten Oberarm, auf dem blonden Haar eine Polizeimütze.

„Wir haben die Frau", hörte sie eine Männerstimme hinter sich.

„Prima", entgegnete jemand, „ich geb sofort durch, dass wir sie haben."

„Ist sie die Phantomfrau?", fragte jemand.

„Was denksch du, vielleicht die Madonna?", schwäbelte eine Jungmännerstimme mit triefendem Sarkasmus.

Ellas Hände wurden nach hinten gebogen. Sie spürte, dass man ihr Handschellen anlegte. Wieso ich, wieso ich, fuhr es ihr durch den Kopf, während sie es völlig willenlos geschehen ließ.

„Sie hat keine Waffen", hörte sie unmittelbar hinter sich eine junge Frauenstimme.

„Bestimmt im Auto, die geht doch nicht ohne Waffe!", erwiderte eine Männerstimme. Ein Polizist schubste Ella grob zur Seite, kroch in das Fahrzeug und durchsuchte schnell und routiniert den Innenraum, gleichzeitig öffnete ein anderer Wachtmeister den Kofferraum.

„Scheiße, der ist ja leer!", erklang eine enttäuschte Stimme.

„Wir haben nichts, wir haben nichts!", hörte Ella nun Alexanders Stimme, aber sie konnte ihn nicht sehen.

„Warte nur, wir haben genug Beweise für euch zwei!", drohte ein Mann unmittelbar hinter Ella, dann packte sie jemand am Arm und bugsierte sie in ein Polizeifahrzeug. Als sie suchend den Kopf wandte, sah sie, dass Alexander gerade in einen anderen Polizeiwagen gedrängt wurde.

Kapitel 33

Zwei Tage nach der Festnahme musste die Polizei Ella wieder auf freien Fuß setzen. Die Polizei hatte ihren Irrtum erkannt und Ella die schrecklichsten Tage ihres Lebens hinter sich. Alexander dagegen musste in Haft bleiben. Man konnte ihm nachweisen, dass er sich zur Zeit des Anschlags nahe dem Tatort aufgehalten hatte. Ein angebissener Apfel, achtlos weggeworfen, gehörte zu den Beweisstücken. Eine Beteiligung an dem Anschlag stritt er hartnäckig ab. Er behauptete, nichts Ungewöhnliches gesehen oder bemerkt zu haben, verstrickte sich dabei aber in Widersprüche. Auch die Auswertung einiger seiner Gespräche mit dem Handy machten ihn verdächtig. Trotzdem, die Polizei konnte ihm nichts anhaben, es fehlten einfach die beweiskräftigen Fingerabdrücke oder andere Indizien. Ein Mitwisser, der nicht reden möchte, noch nicht, so der Eindruck der ermittelnden Beamten. Ein Kinderspiel, den pauk ich raus, so die Überzeugung von Alexanders Pflichtverteidiger, dagegen sah er die Metalldiebstähle seines Mandanten als kaum widerlegbar an.
Es stellte sich heraus, dass die Firma Hamann schon seit einiger Zeit die Metalldiebstähle bemerkt und ein Überwachungssystem eingerichtet hatte. Prompt hörten die Diebstähle auf. Aber Alexander gehörte zum engen Kreis der Verdächtigen, weil ein Hehler zu viel plauderte. Endgültig überführte ihn die Polizei durch eine kleine Verletzung des Fingers. Minimale Blutspuren an gestohlenem Metall konnte man Alexander zuordnen. Blutspuren von ihm fand man auch nahe des Zauns hinter dem Firmenge-

lände bei der Firma Hamann. Die Ermittler der Polizei konnten ihm nachweisen, dass er zu einer Bande von Metalldieben und Hehlern in der Region gehörte.

„Hören Sie, Herr Pflaum", riet ihm sein Anwalt, „Flucht nach vorne antreten. Die Beweislage ist zu eindeutig. Geben Sie es zu, zeigen Sie Reue, und wenn Sie nur so tun! Entschuldigen Sie sich für die Diebereien. Sie waren in Geldnöten, konnten die Miete für Ihr Büro nicht mehr zahlen usw. Sagen Sie, Ihr ehemaliger Vorarbeiter, dieser Marco, Marco ... stiftete sie an! Dann hole ich garantiert eine Bewährungsstrafe für Sie heraus."

Alexander war schnell überzeugt und willigte in den Vorschlag ein. Er wusste, weitere Straftaten würde man ihm schwer nachweisen können. Ein Verdacht war noch lange kein Beweis. Er musste sich nur clever verhalten.

Das Leben in der Käthchenstadt Heilbronn kehrte allmählich wieder zur beschaulichen Normalität zurück. Selbst die rechtsextremen Schmierereien in der Schule, die Oberstudiendirektor Bachmeier leitete, wurden aufgeklärt. Frau Bucher, die resolute Frau des Hausmeisters, ertappte in der Tiefgarage, etwa eine halbe Stunde vor Unterrichtsbeginn, eine schulfremde Person bei dem Delikt. Sie näherte sich leise von hinten, hielt inne, beobachtete den Täter, dessen Bewegungen und schlaksige Figur ihr irgendwie vertraut erschienen. Aber sie konnte ihn nicht einordnen. Plötzlich drehte sich der Bursche um. Er hatte ein Kapuzenshirt tief in die Stirn gezogen, über die untere Gesichtshälfte ein Arafattuch gebunden. Frau Bucher fühlte sich zum Handeln gefordert.

„Du Schlawiner, hab ich dich erwischt!“, schrie sie den Übeltäter an und riss ihm das Tuch aus dem Gesicht.
„Du?“, fügte sie dann überrascht hinzu. Es war Mathias, der Stiefsohn von Schulleiter Bachmeier. Nach seinen späteren Aussagen wollte er mit seinen Aktionen seinen Stiefvater schädigen. Alle Beteiligten einigten sich schnell darauf, die peinliche Angelegenheit ohne die Polizei beizulegen und Stillschweigen zu bewahren. Eine Zusage, die Frau Bucher nicht länger als vierundzwanzig Stunden halten konnte.
Zur allgemeinen Erleichterung hörten die Schmierereien an der Schule auf. Nur Frau Schmieder, immer noch im Hochgefühl der ausgezeichneten Beurteilung ihres Unterrichts, war darüber ein wenig irritiert. Schließlich hatte sie neuerdings das Thema Rechtsradikalismus und die Neonaziszene – „auch an unserer Schule“ – zum Thema ihres Unterrichts gemacht und wollte dies noch einige Zeit beibehalten. Die Klassen zeigten sich dabei ausgesprochen diskussionsfreudig und manche Schüler übertrafen sich förmlich mit ihrer Verurteilung der rechtsradikalen Szene. Nach einiger Zeit machte eine – aus Sicht von Frau Schmieder völlig unglaubwürdige – böse Behauptung die Runde: Es hieß, die rechtsradikalen Schmierereien hätten nur deshalb aufgehört, weil der Täter auf frischer Tat ertappt worden sei. Hintergrund sei ein familiäres Motiv, ja es soll der Sohn eines Lehrers sein. Mit Rechtsradikalismus hätte das alles nichts zu tun. Unverdrossen vertrat Frau Schmieder den Standpunkt, dass das Ende der Schmierereien mit der in ihrem Unterricht betriebenen Aufklärung und ihren Aktivitäten als Vertrauenslehrerin

zu tun habe. Aufklärung, das war neuerdings ihre Lieblingsvokabel.

Die Schule und die Stadt fanden ihren Rhythmus wieder. Gelegentlich gab es noch Berichte in der „Heilbronner Stimme“, wo man wieder mal eine DNA-Spur des „Phantoms“, dieser rätselhaften Person, gefunden hatte, aber in der breiten Öffentlichkeit erlosch zunehmend das Interesse. Es gab schließlich andere Verbrechen, bei denen die Polizei die Täter schnell ausfindig machen und festnehmen konnte. So wie im Fernsehen.

Kapitel 34

Wie schnell die Zeit vergeht. Jetzt bin ich schon wieder eine Woche in Deutschland. Ja, der Albin staunte richtig, als ich ihm den Westen zeigte, die Kaufhäuser, die Treppen, die sich bewegen und natürlich all die schönen Autos hier. Mit dem Autokauf hatte er es sehr eilig.
Auf dem Automarkt hätte er am liebsten gleich das erste Auto gekauft, aber ich musste ihn bremsen. Später trafen wir dann auch noch Amir. Er hatte schon einige Autos gekauft und mit ihm zusammen suchten wir ein Fahrzeug für Albin aus. Es war ein Mercedes Diesel, fünf Jahre alt, und sah aus wie neu. Amir half Albin auch, all den Papierkram zu erledigen. So ist das halt in Deutschland.
In der Zwischenzeit war es schon recht spät geworden. Albin wollte nicht im Auto schlafen und lieber in einem Gasthof ein Zimmer nehmen. Ich sagte ihm, das Geld könne er sich sparen, schließlich war es noch nicht kalt. Wir warteten nahe einer Kleingartenanlage, bis die Leute weg waren, lediglich in einem Häuschen blieben einige junge Leute zurück. Sie unterhielten sich zunächst recht laut, hörten Musik, dann wurde es ruhiger. Ich glaube, die haschten. Es roch wenigstens danach. Ich wusste, die stören uns nicht und wir gingen in eins der anderen Häuschen. Es war prima eingerichtet, mit Betten und so. Nur zum Essen fanden wir nichts. Da schauten wir uns halt noch in einem anderen Häuschen um, fanden Wurst und Bier und im Garten Paprika und Tomaten. Das gab einen prima Eintopf.
Am nächsten Tag wachte ich früh auf, weckte Albin.

Mache das immer so, wenn ich in einer fremden Umgebung schlafe, besonders an einem Sonntag. Man weiß ja nie, wer da urplötzlich am frühen Morgen auftauchen könnte. Ich besorgte Tee und Kekse. Nur Marmelade konnte ich keine finden. Mehr gab es nicht und wir machten uns dann sofort auf den Weg. Aus dem anderen Häuschen, da wo am Abend vorher die jungen Leute so lärmten, trat ein Bursche heraus. Aber ich glaube, er war noch immer bekifft. Er glotzte mich nur blöd an, holte sein Ding raus und ließ es laufen. So ein Schwein!

Wir verließen die Gartenanlage und Albin war richtig glücklich, als sein Auto noch an dem Platz stand, wo er es am Abend vorher geparkt hatte. „Ich habe halt gehört, in Deutschland werden so viele Autos gestohlen!" Das sagte er doch tatsächlich! Ich beruhigte ihn. Er solle mehr aufpassen, wenn er wieder zu Hause ist. Und den Mercedesstern wegmachen, bevor er geklaut wird.

Wir setzten uns ins Auto und ich erklärte ihm den Weg zu Milena. Ich hatte sie gestern angerufen und sie hat mich sofort eingeladen. So kenn ich sie. Milena habe ich schon vor über zehn Jahren in Deutschland kennengelernt. Sie stammt aus Lugoj. Wir haben nie den Kontakt zueinander verloren. Sie hat es gut. Sie ist schon viele Jahre mit einem Deutschen verheiratet und sie haben eine Tochter. Natürlich hat Milena längst eine unbegrenzte Aufenthaltsgenehmigung. Ich glaube, ihr Mann – zu mir ist er nie besonders freundlich – betreibt eine oder mehrere Kneipen und sie bedient und kocht. Vielleicht auch mehr. Immerhin hat sie ihren Eltern und einer Schwester in Rumänien Häuser gekauft.

Ich hatte kein Problem, die Wohnung von Milena zu finden. Sie wohnt in einem Mehrfamilienhaus in Stuttgart, nahe dem Zoo „Wilhelma". Natürlich wollte ich nicht, dass Albin Milena kennenlernt. Ich halte das immer so. Leute, mit denen ich Kontakt habe, müssen sich nicht gegenseitig kennen. Bevor ich ausstieg, erklärte ich Albin noch den Weg zur Autobahn. Er war ganz selig mit seinem Auto und fuhr los.
Milena wartete schon im Bademantel auf mich. Wir setzten uns in die Küche, damit wir ihren Mann und die Tochter nicht aufweckten. Es war ja noch so früh. Milena machte ein richtig gutes Frühstück, da verspürte ich gleich wieder Appetit: Kaffee, Brötchen, Butter, Marmelade und sogar noch ein Ei. Manchmal verrutschte ihr Bademantel und ich sah, sie trug einen knallroten BH mit wunderschönen Stickereien. Muss eine ganz besondere und teure Anfertigung sein, denn ihre eigentlich kleinen Brüste wirkten da ganz stattlich. Aber so ein BH würde bei mir auch nicht helfen!
Wir hatten uns wieder mal viel zu erzählen. Wir wissen viel voneinander. Bei ihr war es auch nicht immer einfach. Sie weiß, dass ich schon lange nicht mehr als Erntehelferin arbeite. So konnte ich ihr erzählen, wo ich die letzte Nacht verbracht hatte.
„Du, sei ja vorsichtig", warnte sie mich, „ich habe gehört, die Polizei kontrolliert verstärkt solche Orte, an denen Obdachlose übernachten. Und sie suchen besonders eine Frau. Sie haben deren DNA-Spur, die hat schon überall Verbrechen begangen, aber sie wissen nicht viel von ihr."
Das mit der Polizei war mir völlig neu. Woher sollte ich es auch wissen? Aber Milena kann ja gut deutsch und liest

manchmal sogar deutsche Zeitungen. Sie erklärte mir ausführlich, warum die Frau gesucht wird. „Seit dem Polizistenmord in Heidelberg, sicher hast du davon gehört?“, fügte sie hinzu.
Ich war überrascht, als sie Heidelberg sagte. „Davon habe ich nichts gehört“, erwiderte ich, „was genau war da?“
Milena erläuterte mir den Vorfall und ich war sicher, sie verwechselte Heidelberg mit Heilbronn. „Ja, und weiß man, dass die Frau die Mörderin ist? Wie ist ihr Name?“, fragte ich. „Nein, die Polizei kennt weder ihren Namen, noch ihr Gesicht. Deshalb nennt man sie die Phantomfrau.“

Ein Jahr später

Bin ich froh, dass ich wieder zu Hause bin! Jetzt sitze ich in unserer Küche am Tisch, möchte die Erlebnisse einfach mal niederschreiben. Vielleicht gehe ich nie wieder in den Westen, zumindest nicht nach Deutschland. Ja, es passierte tatsächlich in der Nacht, die meine letzte in Deutschland hätte sein sollen. Ich hatte mich von Nico getrennt, er hatte mir meinen Anteil von 2000 Euro gezahlt. Nico kenne ich noch nicht lange, aber ich vertraue ihm. Da wollte ich mir wieder mal das Hotel sparen und suchte deshalb in einer Gartenanlage nach einer Unterkunft. Am nächsten Tag wollte ich mit dem Bus nach Hause fahren.

Ich wartete etwas außerhalb der Anlage bis es dunkel wurde und die letzten Eigentümer verschwunden waren. An einem ordentlich aussehenden Holzhäuschen konnte ich nach einiger Mühe das Schloss aufbrechen und leuchtete das Innere aus. Es war halbwegs ordentlich eingerichtet und – was mir besonders gut gefiel – ein richtig schönes Bett, frisch überzogen. (Jetzt weiß ich auch warum!) Gegessen und getrunken hatte ich ja schon. Wie ich das so mache, ich stellte meinen Rucksack unmittelbar neben der Tür auf ein Tischchen, holte meine Pistole – die, die ich einem der Polizisten abgenommen hatte – und mein neues Handy heraus und legte mich halb angezogen ins Bett. Die Waffe schob ich zwischen Matratze und Bettrahmen, dann den Knopf ins Ohr und ich ließ mich noch ein wenig von einem deutschen Musiksender berieseln. Ich weiß nicht mehr wie lange. Ich muss eingedöst sein.

Plötzlich hörte ich, dass ein Auto vorfuhr und gleich darauf fiel auch Licht durch die Türritzen. Der Fahrer musste das Auto auf der Straße vor den Gärten so gestellt haben, dass die Scheinwerfer gegen meine Unterkunft gerichtet waren. Ruckzuck war ich aus dem Bett, angezogen und stellte mich mit der Waffe in der Hand an die Tür. Ich spähte hinaus und konnte eine etwas üppig gebaute Frau erkennen, die sich mit vorsichtigen Schritten der Tür näherte. Die rechte Hand hielt sie seltsam steif vor dem Körper, es sah aus, wie wenn sie einen Schlüssel umklammerte. Ich war zu allem bereit, aber dann blieb sie stehen, schaute sich unsicher um und wandte sich dem nächsten Gartenhaus zu.

Das Auto parkte in der Nähe, dann hörte ich Türen schlagen und halblaut eine männliche Stimme, und die Frau antwortete etwas. Da war nur noch das Mondlicht, aber ich konnte erkennen, die Frau tastete sich zu der Tür, fingerte an dem Schloss herum und versuchte wohl, es zu öffnen. Ich atmete erleichtert auf, legte dann aber blöderweise die Waffe weg. Plötzlich erschien der Mann. Ich konnte nur erkennen, dass er vor sich eine Schachtel in beiden Händen trug, mittelgroß war, dick und das Mondlicht sich auf seiner Glatze spiegelte. Er sagte etwas, was ich wieder nicht verstehen konnte. Und plötzlich drehten sie sich in meine Richtung. Sie gingen genau auf die Tür zu, hinter der ich stand! Ich wollte nach meiner Waffe greifen, aber sie fiel mir in der Dunkelheit runter und da standen die zwei schon vor der Tür. Die Frau machte wieder mit dem Schlüssel rum und der Mann stand dicht hinter ihr. Ich ergriff nur noch meinen Rucksack, stieß mit

voller Kraft die Tür auf und rannte los. Die Frau war dabei wohl gegen den Mann gefallen und fing an zu schreien. Und diesmal ging alles schief. Ich war überrascht, wie schnell das mit der Polizei ging. Wahrscheinlich waren sie schon in der Nähe. Sie suchten nach mir mit einem Hund und schnappten mich vielleicht eine Stunde später in einer Tankstelle. Es kamen noch weitere Polizeiautos. So ein Aufwand, und alles nur, weil ich in ein Gartenhaus eingebrochen war! So dachte ich, aber dann fiel mir plötzlich siedendheiß ein, dass ich meine Waffe und mein neues Handy mit all den Nummern zurückgelassen hatte!
Die Polizei legte mir Handschellen an und brachte mich zurück zu dem Gartenhaus. Da war nun alles hell erleuchtet und ich erkannte sofort den fetten Glatzkopf aus der Gartenhütte. Der empfing uns vor der offenen Tür. In seiner Rechten hielt er immer noch sein Handy und grinste mich blöd an. Die Polizei stellte ihm Fragen und er schwallte ausführlich. Ich verstand zwar nicht alles, aber doch so viel, dass er sie anlog. Er behauptete, er wäre allein gekommen, nein, er hätte das Gartenhaus nur kurz betreten und er hätte nichts gefunden und wegen der Spurensuche nichts geändert. Von wegen! Als wir in das Häuschen eintraten, sah ich sofort, dass mein Handy und meine Waffe fehlten. Die Frau hatte er vermutlich schnell weggeschickt.
Nach einiger Zeit brachten mich zwei junge Polizisten zur Wache. Einer von ihnen sprach ganz ordentlich Rumänisch. In einem Nebenraum filzten mich zwei Frauen gründlich, die fanden dann natürlich das Kuvert mit den 2000 Euro von Nico. Anschließend wurde ich wieder den zwei Polizisten überstellt und verhört. Der rumänisch sprechende Poli-

zist stellte die Fragen. Er wollte wissen, wo ich das Geld herhabe. Ich erzählte ihm zuerst die Geschichte von der Erntehelferin, die ich aber nicht beweisen konnte und er auch nicht glaubte, dann versuchte ich es damit, dass ich eine Geldbotin für einen Verwandten wäre, das glaubte er auch nicht. Irgendwie hatte er dann keine Lust mehr, er sagte, Hauptsache ich hätte mit Drogen nichts zu tun, dann würde mir nicht viel passieren. Als Nächstes wollte er wissen, wo mein Handy war. Alle Leute haben ein Handy, behauptete er. „Ich muss es verloren haben, als ich hinter der Tankstelle über den Zaun kletterte. Ich wollte nicht lange suchen, jemand im Nachbarhaus beobachtete mich“, entgegnete ich und war plötzlich froh, dass der Glatzkopf mein Handy an sich genommen hatte. Mit all den gespeicherten Nummern kann er bestimmt weniger anfangen als die Polizei!
„Wo genau bist du über den Zaun gestiegen?“, fragte er und griff schon nach dem Telefon.
„Direkt hinter der Waschanlage“, erwiderte ich wahrheitsgemäß.
Der Polizist gab die Informationen sofort weiter und stand auf. „So, jetzt müssen wir noch deine DNA nehmen, dann habe ich Feierabend. Du kommst in eine Einzelzelle und kannst ausschlafen“, fügte er großzügig hinzu.
Der andere Polizist kam nun mit einer kleinen Schachtel, holte daraus ein Glasröhrchen, öffnete es und zog ein Wattestäbchen heraus. Damit fuhr er mir durch den Mund und steckte es zurück in den Behälter. In diesem Moment ging die Tür auf, ein älterer Polizist kam herein und musterte uns kurz. Er warf einen schnellen Blick auf die Schachtel mit den Glasröhrchen.

„Die doch nicht!“, bellte er, riss die Schachtel an sich und warf sie in den Mülleimer. „Die sind doch verseucht! Warum liegen die überhaupt noch hier rum?“ Nach wenigen Minuten kam er mit einer anderen Schachtel zurück. Das Glasröhrchen war mehrfach verklebt und schwieriger zu öffnen. Die Speichelprobe wurde wiederholt.
Die folgenden zwei Nächte verbrachte ich in der Einzelzelle. Ich konnte tatsächlich gut schlafen. Ich wurde noch einige Male verhört. Natürlich ließ ich mich nicht ausquetschen. Da war dann noch ein Eintrag in meinem Pass und anschließend wurde ich entlassen und man gab mir tatsächlich auch meine 2000 Euro zurück. Damit hatte ich nicht gerechnet, aber ich möchte trotzdem nicht mehr zurück nach Deutschland, zumindest vorerst nicht. Die kennen mich jetzt. Wer weiß, was passiert, wenn die mich wieder einlochen? Dem Test mit den Wattestäbchen traue ich nicht.

Die Phantomfrau – Streiflichter

Handelsblatt, 27. April 2007

Heilbronner Polizistenmord: War älteres Paar Zeuge?

Heilbronn. Nach dem Mord an einer jungen Polizeibeamtin in Heilbronn gehen die Fahnder mittlerweile 300 Hinweisen nach – und suchen ein älteres Pärchen, das Zeuge gewesen sein könnte. (...) Einem älteren Paar auf Fahrrädern soll nach der Tat ein blutverschmierter Mann entgegengelaufen sein, sagte ein Sprecher der Heilbronner Polizei am Freitag. Diese Zeugen hätten sich bisher nicht gemeldet. Der Hinweis auf das Paar stammte von einem Fußgänger, der auch den blutverschmierten Mann gesehen hatte. (...)

Heilbronner Stimme, 20. Juni 2007

Nahmen Polizistenmörder den Bus?

Heilbronn. Nicht nur das Motiv gibt der Polizistenmord-Soko Rätsel auf. Immer wieder stellen sich die Ermittler die Frage: Warum in Heilbronn? Fakt ist, dass die mysteriöse Unbekannte, die ihren genetischen Fingerabdruck am Tatfahrzeug hinterlassen hat, sehr mobil sein muss. Das ergibt sich aus der geografischen Verteilung ihrer zahlreichen Tatorte. Eine möglich Erklärung dafür wäre: Sie nutzte ganz einfach die guten Busverbindungen von und nach Heilbronn. (...)

Heilbronner Stimme, 12. Oktober 2007

Mit High-Tech auf Mördersuche

(...) In Zusammenarbeit mit den Rechtsmedizinern rekonstruierte das LKA das Verbrechen – comupteranimiert am Bildschirm. Es gibt nun, wenn man so will, bewegte Bilder Tat. (...) Die bisher heißeste Spur resultiert ebenfalls aus der akribischen Arbeit in den LKA-Laboren: Die DNA-Spur von einer unbekannten Serientäterin, die am Streifenfahrzeug auf der Theresienwiese gefunden wurde. Das Phantom wird seit 1993 vergeblich gesucht. (...)

Heilbronner Stimme, 27. März 2008

Spur des Phantoms taucht bei Dreifachmord auf

Heilbronn/Frankenthal – Der Fall wird immer mysteriöser. Erneut ist eine Spur jener Frau aufgetaucht, die als Täterin im Fall der am 25. April 2007 auf der Heilbronner Theresienwiese getöteten Polizistin Michéle Kiesewetter gilt. Besonders brisant: Die DNA-Spur fand sich in einem Fahrzeug eines V-Mannes des rheinland-pfälzischen Landeskriminalamts (LKA). Der aus dem Irak stammende Talip O. versorgte das LKA mit Insider-Informationen aus der Islamistenszene. (...) Purer Zufall also, dass ausgerechnet diese Spur in diesem Wagen war? So richtig mag man das nicht glauben. „Dieser Fall sprengt alles, was bisher da war", bringt es der Heilbronner Polizeisprecher Peter Lechner auf den Punkt.

Heilbronner Stimme. 8. April 2008

Motiv der unfassbaren Bluttat liegt immer noch im Dunkeln

(...) Mannweib: Von verhafteten Einbrechern kennt niemand die Unbekannte oder es will sie niemand kennen. Auch 100 000 Euro Belohnung lockern keine Zunge. Was ist das für eine Frau, vor der manche offenbar Angst haben? Ein Transsexueller, ein Mann im Frauenkörper oder die Geliebte eines Schwerverbrechers? (...)

Heilbronner Stimme. 29. Mai 2008

Bei Phantom-Jägern klingeln die Telefone heiß

Nach XY-Sendung noch keine heiße Spur

Heilbronn/München - Rund 100 Hinweise sind nach der „XY"-Sendung zum Heilbronner Polizistenmordfall bis zum heutigen Morgen bei der ZDF-Redaktion und der Heilbronner Polizei eingegangen. „Eine heiße Spur scheint nicht dabei zu sein", sagte Polizeisprecher Rainer Köller am Morgen auf Anfrage. (...)

Belohnung erhöht

Die Belohnung haben die Polizei Nord-Württemberg und die Staatsanwaltschaft um weitere 50 000 Euro auf nun 150 000 Euro erhöht. Polizeichef Roland Eisele glaubt, dass diese Summe „für solche Täterkreise eine Motivation ist". Er ist guten Mutes, das Phantom zu fangen. „Es kann nicht sein, dass sie uns dauernd durch die Lappen geht." (..)

Heilbronner Stimme, 17. Juni 2008

Hatte Ex-Polizist Kontakt zum Phantom?

Heilbronn/Wien - Neuer Wirbel um mysteriöse Spuren zum Phantom im Polizistenmordfall: Wie „Spiegel Online" berichtet, könnte möglicherweise ein ehemaliger Polizist aus Österreich eine Verbindung zur mutmaßlichen Serientäterin haben, die in halb Europa gesucht wird. Das Wiener Innenministerium ermittelt gegen einen ehemaligen Drogenfahnder, der sich mit illegalen Mitteln als Sicherheitsberater bei Firmen ins Gespräch gebracht habe. (...)

Heilbronner Stimme, 27. August 2008

Ist die Mutter des Phantoms Osteuropäerin?

(...) Ein neues Detail lässt aufhorchen. Ein DNA-Spezialist eines Innsbrucker Instituts hat den Gencode der Unbekannten mit einer neuen Methode auf die mütterliche Erblinie analysiert. Das ist in Österreich erlaubt, in Deutschland verboten. Dass diese DNA „gehäuft in Osteuropa und im Gebiet der angrenzenden Russischen Föderation" auftrete, war das Ergebnis. Über die Herkunft des Vaters oder das Aussehen des Phantoms sagt dies jedoch nichts aus. (...). Eine weitere Theorie: Eine Polizeipsychologin hält es für denkbar, dass das Phantom beim ersten Mord 1993 in Idar-Oberstein als Kind oder Jugendliche dabei war und „als Türöffner" fungierte. Wenn ein Kind mit extremer Gewalt im Alltag aufwachse, sei es gut möglich, dass es später als Erwachsener gegenüber dem Leben anderer wenig Respekt zeige. (...)

Saarbrücker Zeitung, 22. Dezember 2008

Das Phantom vor der Enttarnung

(...) Wenn nach dem Jahreswechsel zwei lothringische Männer, die nach einer Serie von Autodiebstählen auf deutscher Seite verhaftet wurden, ins Saarland ausgeliefert werden, könnte, so Kripo-Beamte, dieser „kriminalistische Jahrhundertfall" endgültig gelöst werden. (...)

Montag, 5. Januar 2009

Um 21.00 Uhr wird im Ersten „Die Jagd nach einem Phantom", ein Film von Stefan Maier, ausgestrahlt.

Heilbronner Stimme, 5. Januar 2009

Phantom-Komplizen wieder frei

Saarbrücken/Heilbronn - Die nächste Hoffnung auf eine heiße Spur zum Phantom im Heilbronner Polizistenmordfall ist zunächst zerstoben.

Zwei mutmaßliche Einbrecher, die Frankreichs Behörden an die Saarbrücker Polizei ausgeliefert hatten, sind nach zwei Tagen Vernehmung wieder auf freiem Fuß. (...)

Augsburger Allgemeine, 25. Januar 2009

Belohnung auf 300 000 Euro erhöht Fahndung nach der Mörderin ohne Gesicht

(...) Einmal geht sie [die Phantomfrau] höchst professionell vor, dann wieder dilettantisch und unvorsichtig. Die Fahnder können kaum glauben, wie viel Glück die "uwP" [unbekannte weibliche Person] hat. Sie müssen die Mörderin ohne Gesicht fassen, bevor sie wieder zuschlägt.

Heilbronner Stimme, 17. März 2009

Frau ohne Gesicht bleibt konturlos

Heilbronn. (...) Der Profiler kann mit Bestimmtheit sagen, dass die unbekannte Frau mobil, skrupellos und extrem gewaltbereit sein muss. Sie verfügt über „Ankerpunkte" im südwestdeutschen Raum, vor allem in den Regionen Heilbronn und Ludwigsburg sowie im Saarland, und bewegt sich in mehreren kriminellen Milieus. Die Serientäterin ist bereit, ein extrem hohes Risiko einzugehen. Tröster: „Wie sonst hätte sie sich einen so belebten öffentlichen Tatort wie die Heilbronner Theresienwiese ausgesucht?"

Völlig atypisch sei die extreme Deliktsbreite im Zusammenhang mit der DNA-Spur: vom kaltblütigen Mord aus Habgier bis zum Einbruch in ein Gartenhäuschen, um darin zu übernachten. Das Phantom ist vermutlich auch an groß angelegten Beutezügen mit hohem logistischen Aufwand beteiligt. Zu den Diebesgütern zählen Airbags, Autos, Motorräder, Brillen und

Uhren. Seltsam nur, dass bisher kein einziges Stück der Hehlerware je wieder aufgetaucht ist. Nirgends. Auch nicht die Pistolen und Handschellen, die die Polizistenmörder ihren Opfern in Heilbronn abgenommen haben. (...)

Die Welt, 27. März 2009

Phantommörderin gibt es nachweislich nicht

(...) Die Beweise sind dieses Mal eindeutig: Die mutmaßliche Phantom-Mörderin hat nachweislich nie existiert. Die an 40 Tatorten sichergestellte DNA-Spur stammt nicht von einer Tatbeteiligten. „Sie stammt, wie wir heute definitiv wissen, von einer anderen Frau", sagte der Leiter der Staatsanwaltschaft Heilbronn, Volker Link.

Die DNA sei einer Arbeiterin eines Verpackungsbetriebs in Bayern zuzuordnen, erklärte der Präsident des baden-württembergischen Landeskriminalamts, Klaus Hiller. Die Fehler bei den Ermittlungen wurden nach den Worten Hillers durch verunreinigte Wattestäbchen verursacht. Diese Stäbchen würden nun nicht mehr verwendet. „Die jetzt identifizierte Schwachstelle wird zu einer entscheidenden Verbesserung der Spurensicherung führen", erklärte der LKA-Präsident. (...)